Shaletha

Romance en Manhattan

Louis Alexandre Forestier

Copyright © 2016 por Alexandre Louis Forestier

Todos los derechos reservados. Ni este libro ni ninguna parte del mismo

pueden ser reproducidos o usados en forma alguna sin el permiso expreso por escrito del editor excepto por el uso de breves citas en una reseña del libro.

Publicado en 2016en los Estados Unidos de América

Se trata de una obra de ficción. Los nombres, personajes, empresas, lugares, eventos e incidentes son o bien los productos de la imaginación del autor o se utilizan de una manera ficticia. Cualquier parecido con personas reales, vivas o muertas, o eventos reales es pura coincidencia.

Índice

Elenco de personajes

Shaletha Moore: Diseñadora de modas afroamericana nacida en Harlem.

Helen y Ezra Moore: Padres de Shaletha.

Alyssa Moore: Hermana menor de Shaletha.

Zion Moore: Problemático hermano de Shaletha.

Jakob Moore: Hermano de Ezra; ex policía

Adrián Bianchi: Joven argentino, inmigrante ilegal.

Arionna Jackson: Abogada, amiga íntima de Shaletha.

Kevin Driscoll: Esposo de Arionna, profesor de historia.

Ivan Stasevich: Joven ruso. Amigo de Alyssa Moore.

Yuri Stasevich: Padre de Ivan.

John Lewis: Pastor de la congregación de Helen y Ezra Moore.

Thomas Williams: Teniente de policía, amigo de Ezra.

Sebastián, Teresa y Federico Bianchi: padres y hermano de Adrián.

Capítulo 1

Al entrar en la que había sido su habitación de niña sintió un nudo en el estómago. Esto le ocurría cada vez que visitaba la casa de sus padres y pasaba a revisar el estado de sus antiguas pertenencias. Todas las muñecas y juguetes de peluche estaban perfectamente alineados sobre su antigua cama como habían estado la última vez que había entrado en el cuarto y como jamás habían estado cuando ella lo ocupaba. Algunos de los posters pegados o clavados en las paredes con sus ídolos musicales de antaño permanecían aun milagrosamente en su sitio, dejando algunos rectángulos más claros en la pared donde habían estado los que se habían caído.

La mujer pasó cariñosamente una mano sobre el lecho perfectamente armado y su memoria evocó mil recuerdos de su infancia y adolescencia. La sobresaltó la voz de su madre que le hablaba desde la planta baja.

-¿Shaletha, estás bien?

Luego oyó la voz grave de su padre que regañaba a su mujer.

- Helen, está en su cuarto, déjala tranquila con sus recuerdos.

Shaletha retiró con la punta de sus dedos una lágrima que asomaba en su ojo derecho, compuso la garganta y contestó.

-Ya voy mamá.

Al salir se miró en el largo espejo de su placar, el que estaría seguramente lleno de la ropa que había dejado atrás en su mudanza. Se miró largamente por delante y por detrás con mirada crítica y luego exhaló un gemido que en realidad era de aprobación. Su silueta era un perfecto ejemplo de una mujer negra, con atributos femeninos bien marcados, los que desde la escuela secundaria provocaban comentarios de sus compañeros varones de todas las razas, particularmente de esos italianos. Lo que el espejo le mostró era un busto firme, las caderas generosas, muslos redondos, piernas bien contorneadas y un trasero que siempre había causado envidia de sus compañeras, sobre todo de las blancas. El rostro era sin duda bello y estaba enmarcado por un peinado discreto, lejos de la moda afro o las trenzas y rastas.

-¿Shaletha, que es lo que te falta? –suspiró sin saber bien a qué se refería. Cerró la habitación y bajó a hablar con sus padres.

La conversación de sobremesa había girado sobre la vida de Shaletha casi exclusivamente. La madre le hacía insistentemente preguntas sobre su vida sentimental sobre la que no tenía mucho que contar lo que preocupaba a Helen, mientras que su padre la interrogaba afectuosamente sobre su vida laboral, tema mucho más satisfactorio para ambos.

Luego de un silencio Helen comenzó a quejarse por el comportamiento de Alyssa, la hija menor de los Moore.

-Ya tiene diecinueve años, y está tonteando con esos muchachos blancos, que ya sabes lo que esperan de ella.- Dijo en tono quejumbroso.

-No debieras quejarte mujer.- Respondió enojado el padre.- Siempre se ha mantenido al margen de las drogas y el alcohol. Sus notas en la escuela son más que aceptables y tendrá la posibilidad de asistir a la universidad. Nunca nos ha traído problemas como su hermano.

Las palabras fueron seguidas por un silencio. Zión, el segundo hijo de los Moore había salido recientemente de prisión y se hallaba cumpliendo un plan de rehabilitación de su adicción a las drogas. Helen emitió un gemido y prorrumpió en llanto.

-Papá, eso ha sido un golpe bajo.- Repuso Shaletha.-Sabes que Zión es una herida abierta para mamá.

El hombre, evidentemente arrepentido de sus palabras se levantó de la silla y corrió a abrazar a su esposa. La reacción sirvió a Shaletha para revalorizar una vez más los valores del hogar en que se había criado. Se acercó y abrazó a sus padres mientras también ella enjugaba una lágrima. La tierna escena se prolongó aun unos instantes mientras Helen regularizaba su respiración.

-¿Por qué te tomas tan a pecho los amigos de Alyssa?- Preguntó a su madre-¿Crees que son malas compañías?

-No puede saberlo.-dijo el padre.-Jamás los hemos visto ni hemos hablado con ellos.

-Es que de esta forma se sigue destruyendo a la familia negra.- Contestó Helen ya más repuesta.

-Mamá. No es justo responsabilizar a Alyssa del destino de la familia negra en este país. Bastante responsabilidad tiene ella a su edad con tratar de ser feliz.

Antes de que hiciera oscuro Shaletha decidió emprender el viaje de regreso a su casa; se despidió de sus padres y salió de la casa dirigiéndose hacia la estación más cercana del metro. Recordó su infancia en esa zona del Harlem, cuando los habitantes vivían recluidos en sus hogares y no se aventuraban a permanecer en las calles al caer las primeras sombras. Al caminar vio un movimiento entre las penumbras en una esquina en la que no había alumbrado público, sin duda una pareja de jóvenes abrazándose efusivamente sin prestar atención al medio que los rodeaba. Shaletha tuvo necesariamente que pasar junto a ellos en su camino sin que los muchachos percibieran su presencia. Al mirarlos discretamente su corazón dio un vuelco. A contraluz pudo divisar el cabello rubio del muchacho mezclado con la piel oscura de la joven. Shaletha no supo por un momento a qué atenerse al reconocer los rostros. Alyssa estaba besando apasionadamente a quien le había presentado días atrás como un simple compañero de la universidad nacido en Rusia de nombre Ivan y apellido imposible de recordar.

La mujer tomó el metro en la estación de la calle 125 y a esa hora consiguió viajar sentada. En el largo viaje su mente conectó los episodios recientes con ciertos pensamientos que últimamente retornaban a su mente. A los treinta y tres años Shaletha Moore no podía quejarse de sus logros. Luego de sus estudios había conseguido trabajo como diseñadora de modas en una firma textil importante; de sus decisiones dependían negocios que involucraban mucho dinero y se le pagaba muy bien por su trabajo. Había salido del Harlem y finalmente había alquilado un departamento antiguo pero refaccionado a nuevo y muy bien equipado en Brooklyn Heights, una zona tranquila y ubicada a pocos minutos del metro de su trabajo. Cuando tomaba vacaciones podía permitirse elegir las mejores playas de todo el continente, que eran sus destinos turísticos preferidos. Por razones de trabajo debía viajar constantemente por las Américas y Europa. Vestía elegantemente y se podía permitir todos sus caprichos, que de todos modos eran muy discretos. Se expresaba muy bien y era invitada a todo tipo de acontecimientos, en los que su profesión era pródiga. No era poco para una chica de Harlem. Y sin embargo...

De algún celular o Tablet surgían en medio de los ruidos del metro corriendo toda velocidad las notas de una vieja interpretación de The Rose por Bette Midler.

When the night has been too lonely
And the road has been too long
And you think that love is only
For the lucky and the strong...(1)

(1) Cuando la noche ha sido muy solitaria
Y el camino demasiado largo
Y tú piensas que al amor es sólo
Para los afortunados y los fuertes...

Capítulo 2

El fin de semana siguiente Shaletha decidió concurrir, luego de tanto tiempo, al servicio dominical matutino en la Iglesia Bautista de Harlem donde solía ir de niña. El pastor la recibió encantada en la puerta junto con el resto de los feligreses y la mujer se sentó aproximadamente donde lo hacía en su infancia.

El contacto con los viejos asientos y el olor peculiar del templo evocaron todo tipo de recuerdos que finalmente hicieron brotar algún suspiro. De los concurrentes solo reconocía algunas caras que le resultaban vagamente familiares, y había una gran presencia de niños. Todos los presentes eran Afro-americanos con distintos tonos de piel. No pensaba pasar esta vez por casa de sus padres pues quería aclarar sus ideas y reflexionar en soledad; por ello había elegido un culto en un horario distinto a aquel en que ellos concurrían.

La predicación estuvo a cargo de un nuevo pastor y su tema fue básicamente la lucha contra las drogas y el apoyo al mantenimiento de la familia negra tradicional frente a todos los peligros nuevos y viejos que la acechaban. La mujer meditó que luego de veinte años los temas eran básicamente los mismos que los de su primera adolescencia, a pesar de las transformaciones evidentes que habían ocurrido en Harlem. Salió de la iglesia luego de la finalización del culto y mientras el magnífico coro cantaba las canciones tradicionales. Shaletha sintió que el sermón, que años atrás le hubiera causado satisfacción y paz mental, se estaba oponiendo a algo que ocurría dentro de ella y que no sabía definir. Salió a la calle con un cierto desasosiego.

Tomó el metro para dirigirse a Brooklyn Heights y nuevamente en todo el trayecto estuvo desarrollándose en su interior una lucha que no llegaba a comprender, un desasosiego del que no podía librarse.

Cuando llegó a destino miró el reloj y comprobó que era ya mediodía; como había pocas provisiones en la nevera y no tenía ganas de cocinar decidió entrar en una cafetería donde solía almorzar los fines de semana. Se sentó en una mesa vacía y esperó que se acercara la camarera. Mirando distraídamente los espejos que rodeaban el local vio lo que secretamente sus ojos estaban buscando. Se hallaba a tres mesas de distancia, y sentado enfrentado a ella, de modo que contra su voluntad pudo observarlo a voluntad. Muy joven, de piel blanca, cabellos rojizos y ojos claros, vestido muy sencillamente con una camisa a cuadros y un sweater anudado en el cuello, estaba terminando su plato. Aunque obviamente estaba sentado, Shaletha pudo advertir que era alto y delgado. La mujer ya lo había visto fugazmente un par de veces en ese local a la misma hora y tuvo que admitirse a sí misma que la decisión de entrar a almorzar ese domingo había estado en parte motivada por el deseo de volverlo a ver.

De repente el muchacho levantó sus ojos y su mirada se cruzó con la de Shaletha, que sorprendida se ruborizó y apartó por un momento sus ojos, pero luego un impulso interno la llevó a volver a mirarlo fijamente; el hecho que el joven le sostuviera la mirada le produjo un placer interno, como si hubiera logrado una pequeña victoria; es que en realidad había comprobado que ella también le interesaba. En ese momento la camarera vino con el plato solicitado.

Shaletha terminó de comer y se levantó para ir al baño de damas. Por el espejo constató que el muchacho la seguía con la mirada. Inconscientemente la mujer comenzó a caminar moviendo perceptiblemente las caderas. Se daba perfecta cuenta de que sus glúteos se moverían en forma provocativa de modo que quiso controlar su paso pero finalmente algún aspecto salvaje predominó en ella.

-¡Al diablo!- Se dijo, mientras el espejo le confirmaba que la mirada de él estaba posada en su trasero.

Al entrar en el baño se arrojó sobre una pared y se dijo en voz alta.

-¿Pero qué estás haciendo? ¡Jamás te has comportado así!-Sin embargo otro sector de su consciencia contestó- Y por eso te sientes de la manera en que te sientes. ¡Haz lo que debas hacer para conseguir lo que quieres!

Luego de debatir consigo misma por unos instantes y sentirse tonta por ello salió del baño de damas y regresó al salón. El estómago se le estrujó al ver la mesa que ocupaba el muchacho vacía. Una mitad de su fuero interno le decía.

-¿Te rindes ahora? Ni siquiera esperó tu salida.

Un tanto compungida regresó a su mesa y llamó a la camarera para pagarle. Al recibirle la tarjeta de débito la mesera le indicó un pequeño papel doblado por la mitad colocado sobre la mesa.

-¿Eso le pertenece?

Shaletha abrió el papel, y el corazón le dio un brinco de alegría al leer el contenido.

Espero tu llamado

Swirl

Adrián

Y abajo había un número de teléfono.

Capítulo 3

Shaletha jamás había estado tan confundida en su vida. Había tenido varias relaciones pasajeras con hombres antes, inclusive con algunos blancos, pero eran vínculos efímeros que raramente superaban las dos noches, y jamás los había considerado seriamente. Lo que estaba atravesando ahora era territorio desconocido, por ello resolvió hacer lo que hacía en esos raros casos, conversar sobre el tema con su amiga y confidente Arionna Jackson, única persona con quien se permitía tratar temas íntimos.

Arionna era también Afroamericana, había nacido en Texas y tenía treinta y siete años. Ejercía su profesión de abogada encargándose de temas familiares y derechos humanos en el Bronx. Era una mujer muy inteligente e informada, razón por la cual su opinión era muy tenida en cuenta por Shaletha. Un motivo adicional para buscar su consejo era que se había casado un par de años antes con Kevin Driscoll, un profesor de literatura blanco de origen irlandés con el que se hallaban enamorados en forma muy ostensible. En el razonamiento de Shaletha esto garantizaba una rápida comprensión del tema que le preocupaba, ya que Arionna se habría encontrado en la misma situación en su momento.

Se habían conocido años antes cuando Shaletha se mudó a Brooklyn Heights y se hallaba un tanto perdida en el nuevo medio, con poca gente de color alrededor, luego de vivir toda su vida previa en Harlem. Shaletha consideraba que esa decisión tomada al marcharse de casa de sus padres había sido correcta y representaba un gran paso en su proceso de maduración.

Había llamado a Arionna el día anterior y se había enterado que Kevin había ido a dar unas conferencias en California, lo que les aseguraba a las mujeres la posibilidad de hablar con absoluta libertad. Aunque no le había contado de qué tema quería hablar Arionna se percató de que había una cierta desorientación en su íntima amiga.

Shaletha pulsó el timbre de la casa y a los pocos segundos se abrió la puerta. Arionna se hallaba aun vestida con su atuendo profesional pues recién llegaba de su estudio. Se trataba de una mujer de piel muy oscura, rostro alegre y un poco de sobrepeso, con unos glúteos prominentes que según ella comentaba bromeando eran lo que habían terminado de seducir a Kevin. Al ver a Shaletha aparecer en su puerta con una botella de whisky medio llena la anfitriona exclamó en tono de broma.

-Bueno, esto debe ser algo grave.

Luego de la confusa explicación de Shaletha, su amiga estuvo un momento meditando en busca de la punta del ovillo.

-Bien, por lo que entiendo has llegado a un momento de tu vida en que has decidido que necesitas meter un hombre dentro de ella.

Un tanto sorprendida por la forma de exponerlo, Shaletha tuvo sin embargo que admitir que de eso se trataba.

-Eso no me sorprende en lo absoluto.- Prosiguió Arionna.- De hecho creo que debería haber ocurrido hace tiempo, y te lo he dicho con claridad repetidas veces. Pero por supuesto este es tu proceso de maduración y lo que importan son tus tiempos y no mi opinión.

Shaletha volvió a servir whisky, y ambas tenían la precepción de que terminarían embriagándose moderadamente, lo que no importaba porque era un viernes.

-Lo que me cuentas sobre el show que le diste a ese joven en la cafetería me resulta asombroso, ya que no te imagino meneando las caderas para seducir a un hombre, y menos en un lugar público. Te aseguro que si el muchacho se fijó en ti no es por ese show sino por tu belleza fuera de lo ordinario.

-Me vuelves a hacer sonrojar.

-Sólo digo lo justo. Ahora bien.- Arionna manejaba el tema con un cierto profesionalismo, como si estuviera frente a un cliente de su estudio de abogada.- Lo que no llego a entender es cuál es la razón de tu conflicto. Has encontrado un hombre que te gusta, aunque no quieras reconocerlo, y aparentemente tú le gustas también, sin duda por el motivo que dije antes.

La mujer se quedó contemplando a su amiga en forma interrogativa, pero Shaletha no contestó nada.

-De modo que tengo el derecho a suponer que lo

que he llamado tu conflicto obedece a que es blanco y más joven que tú. ¿Estoy en lo cierto?

Al oír estas palabras Shaletha tuvo un ligero temblor de origen anímico; su amiga había dado en el blanco y había manifestado algo que ella sabía pero no quería reconocer.

-Entonces.- Prosiguió Arionna- Te has dicho a ti misma, vamos a hablar con mi amiga que debe haber pasado por esta misma situación antes que yo.

Shaletha asintió. Se felicitaba de haber acudido a su amiga, que había captado y expresado con tanta claridad un tema que a ella le costaba tanto esfuerzo reconocer.

-Pues bien.-Prosiguió la amiga.- Te has equivocado completamente.- Sonrió ante el gesto de sorpresa de Shaletha.- Ni por un momento el hecho de que Kevin fuera blanco me ha preocupado en absoluto. En realidad tengo que confesar que siempre me gustaron los blanquitos y salía con ellos en mis tiempos en la Universidad. Jamás hice caso de todas esas telarañas raciales que te hacen sentir una traidora por buscar a un hombre con otro color de piel. De verdad son sólo racismo al revés, que sólo buscan dividir a los humanos sólo que con otro criterio. El primer motivo para buscar un hombre es que te guste. Para el mejoramiento de la especie es la mujer la que debe ser selectiva, ya que el macho es seducido y arrastrado por las armas que toda mujer debe saber manejar. Tú tienes todos los recursos a tu favor para seducir a cualquier hombre negro, blanco o verde, puedes elegir a quien quieras.

Arionna sorbió el resto de whisky de modo que su amiga llenó nuevamente los vasos.

-Debes hacerte cargo de tu potencial, que en materia de selección de tu hombre es enorme y dejar de lado las patrañas que te metieron en la cabeza en tu familia, en Harlem y en tu iglesia. Lo único que aseguran esas fabulaciones es que las mujeres negras queden como un inmenso coto de caza reservado a los hombres negros, y sin posibilidad de elegir. Si quieres estar en paz con tu consciencia puedes venir a la iglesia donde yo voy cada tanto, que aceptan no solo las relaciones interraciales sino también las homosexuales.

La botella de scotch ya estaba llegando a su final. Arionna preguntó.

-¿Y bien, que sabes en concreto de él?

Shaletha buscó en su cartera y extrajo el papel doblado, luego se lo extendió a su amiga.

-¿Adrián? ¿Es estadounidense?

-No lo sé.

-¿No lo sabes? ¿Es que aún no lo has llamado?

-No. Estaba esperando a reunirme contigo.

-¡Estás loca! Encuentras al hombre que quieres, meneas el trasero para él, lo seduces, te deja un mensaje y no lo llamas. Mujer. En estas cosas hay que machacar en caliente. Va a creer que no te interesa o va a encontrar otro trasero negro meneándose delante de él.

-Si es así, ¡Que lo encuentre y me deje en paz!

-No lo estás diciendo en serio. Esta noche estás muy borracha, pero mañana sábado lo llamas sin falta. ¿Lo prometes?

-Lo prometo. Dime una cosa más ¿Qué representa para ti esta palabra Swirl? La verdad es que me tiene intrigada.

-Es el nombre de una organización de base que busca ayudar a las comunidades de sangre mezclada a honrar su herencia. Están aquí en Nueva York y en otros lados. Pero sé que se utiliza en un sentido más restringido.

-¿Cuál?

-El de muchachos blancos que quieren salir con chicas negras y de chicas negras que quieren salir con blancos.

-¿Y que puede significar en este pedazo de papel?

- Como mínimo que el tal Adrián quiere acostarse contigo y como máximo que quiere asegurarse que menees el trasero sólo para él.

-Esto sería bastante halagüeño.- Reflexionó Shaletha.

-Piénsalo bien antes de dar exclusividad.

-Estás hablando de mi trasero.

-Precisamente.

Tomaron el último trago. De repente Shaletha preguntó.

-¿Dime, como es la vida con un hombre blanco? Me refiero a la vida sexual.- Shaletha no podía creer haber preguntado eso.

-Según recuerdo, tú ya has tenido alguna experiencia propia.

-Esos son episodios aislados. ¿Cómo es en el día a día?

-En el día a día es... día por medio.

-¿Hacerlo? ¿Eso es sostenible?

-Con un Viagra cada tanto. Mejor que Kevin lo sostenga, sino buscaré quien lo haga.

Ante la cara alarmada de Shaletha su amiga prorrumpió nuevamente en una carcajada que logró tranquilizarla.

-Lo que ocurre es que deseamos tener un hijo este año, para cumplir con nuestro plan.

-¿Qué plan es ese?

-Queremos tener al menos tres hijos mientras tengamos edad para hacerlo.

-¿Ese es el plan de ambos o el tuyo?

-En estas cosas la mujer tiene un papel determinante.

-Es el plan de una mujer negra.

-Que me haya casado con un blanquito no me hace cambiar de raza.

-Bien, son las dos de la mañana. Creo que me iré a casa ahora.

-De ninguna manera. No estás en condiciones de caminar tres cuadras sola, menos de noche. Te quedas aquí.

-Pero sólo tienes una cama.

-La compartiremos. No estando Kevin siento frío de noche. Espero que no sueñes que estás durmiendo con ese Adrián y te pongas romántica conmigo...Aunque pensándolo de nuevo, quizás sería una experiencia.

Al ver la alarma en la cara de su amiga Arionna volvió a reír estrepitosamente.

-Eres demasiado fácil de escandalizar. Vamos, te dejo el primer turno en el baño.

Capítulo 4

El teléfono sonó tres veces, al cabo de las cuales una voz de hombre respondió. Shaletha tuvo un momento de vacilación, pero enfrente de ella Arionna la azuzaba con sus gestos.

-¿Adrián? Soy Shaletha, la mujer de la cafetería.

-La bella chica de la cafetería.- Corrigió el hombre.

-Bien, al menos sabes quién te habla.

-No hay muchas mujeres en esta ciudad que tengan mi número. La voz de él trasuntaba calma, lo cual era justamente lo que Shaletha necesitaba.

-Hablas de "esta ciudad". De dónde eres?

-De Buenos Aires.

-¿De Buenos Aires, Argentina?

-Sí.

-¿Y vives en Nueva York en forma permanente?

-Ya te contaré.

Shaletha temió mostrar su ansiedad con su interrogatorio. Una vez que estuvo convencida que la conversación estaba encaminada Arionna se levantó del sofá y se fue a la cocina a preparar el desayuno. Había insistido que tan pronto se levantaran al día siguiente su amiga llamara al muchacho antes de irse a su casa, de modo de asegurarse que el contacto no se pospusiera.

Al rato entró Shaletha en la cocina. Lucía radiante.

-¿Bien, en que quedaron?

-Vamos a reunirnos hoy a las siete de la tarde.- Exclamó gozosa.

-Nada menos que un sábado a la noche, nada mal para comenzar.

Shaletha abrazó a su amiga.

-Sabes, estoy tan contenta de haberte confiado todo esto.

-Has hecho bien. Si no te hubiera empujado a los empellones todavía estarías dando vueltas sin saber qué hacer. No puedo creer que hayas llegado a los treinta y tres años tan indecisa en materia de relaciones. Ahora vete a tu casa. Ya me llamó Kevin y está en camino desde el aeropuerto. Tengo que arreglar la cama para que no sospeche que he estado acompañada por un hombre.

-Kevin nunca pensaría eso.

-Es cierto. La verdad es que debemos recuperar el ritmo del día por medio tan pronto llegue. De modo que voy a tener sexo antes que tú y con mayor certeza.

-Vendrá cansado.

-Problema de él. Suerte con tu blanquito Ariel.

-Adrián.

-Lo que sea.

Shaletha estaba recogiendo sus cosas. Arionna apareció de repente se palmeó la frente y le dijo.

-Una última cosa. Antes de darle lo que quiera exígele que te haga el sexo oral. Tienes que adoptarlo como práctica frecuente.

Shaletha sintió que su rostro se llenaba de sangre por la vergüenza.

-Pero yo nunca...

-Exactamente a eso me refiero. Que se constituya en una práctica desde el comienzo. Una chica hermosa como tú tiene el derecho a exigirlo.

-Es que no sé cómo...

-Ya encontrarán la forma. Mañana domingo quiero un informe detallado de cómo fueron las cosas.

-Pero mañana estará Kevin en casa.

-Lo enviaré al Promenade a pasear al perro.

-Uds. no tienen perro.

-Ya pensaré en algo.

Shaletha se retiró a su casa. Hizo un breve repaso de lo ocurrido y una vez más se felicitó de haber ido a hablar con su amiga. Arionna tenía el carácter firme y podía sacudirle la cabeza cuando hiciera falta; "sacudirle la pajarera" según sus propios términos. No sólo estaba contenta por haber concretado una cita sino que se sentía liberada,

liberada de un cúmulo de trabas e impedimentos para realizar su vida. Esos obstáculos le habían sido inculcados en su casa y su ambiente junto con tantos buenos principios, y ya era hora de separar la paja del trigo.

Shaletha entró en la cafetería e inmediatamente todas las miradas se dirigieron a ellas, los hombres con admiración y las mujeres, particularmente las blancas con envidia. Lo vio sentado al fondo mirándola con la boca abierta. Se dirigió a la mesa y el joven se levantó en un gesto gentil. Le tomó la mano y le dijo.

-Estás deslumbrante. ¿Me permites? En mi país besamos a las mujeres en la mejilla.

-¿Aún a las que aún no conocen?

-Sí. No se considera abusivo. ¿Puedo hacerlo contigo?

Como respuesta Shaletha colocó su mejilla y el joven plantó en ella un beso casto. Le apartó una silla para que ella se sentara, y una vez que lo hubo hecho lo hizo él.

-Veo que en Buenos Aires conservan modales.

-Lamentablemente no todos lo hacen. Pero sí, creo que en comparación con Nueva York podrías decir eso.

-Cuéntame quien eres, a que te dedicas... en fin tú sabes.

-Bien, soy Adrián Bianchi, y en realidad no nací en Buenos Aires sino en un pueblo de la Provincia de Santa Fe llamado Hughes, mis padres son agricultores como todos en la zona, Uds. los llamarían granjeros. Fui a vivir a Buenos Aires para estudiar en la Universidad.

-¿Que has estudiado?

-Diseño industrial.

-¿Cuánto hace que estás en Nueva York?

-Unos seis meses.

-Hablas muy bien inglés, y tu acento me resulta desconocido, no suena a latino.

-Nosotros tenemos nuestro propio acento, aún en español.

-¿Cómo dijiste que es tu apellido?

-Bianchi.

-Suena italiano.

-Lo es.

-No pareces italiano.

-Mis abuelos eran italianos del Norte. Lombardos y piamonteses como la mayoría de los que viven en mi pueblo.

-¿Y los lombardos son rubios y de ojos claros?

-A veces.

Shaletha se sintió muy a su gusto con el curso que había tomado la charla. Se acercó al muchacho y le dijo en tono dulce.

-Tus ojos son verdes, no azules como creía. Una pregunta más. ¿Qué haces en Nueva York?

-Conseguí un trabajo en un periódico en español en el barrio portorriqueño de Harlem. Es un trabajo...ilegal. Mi visa es como turista y está por expirar.

-Ya veo. ¿Y qué haces allí?

-Diseño gráfico.

-No es tu especialidad.

-No, pero tengo bastantes conocimientos, me va bien.

-¿Cuántos años tienes?

-Veinticuatro.

La respuesta, aunque esperada, produjo una íntima complacencia a Shaletha. Tener una cita con un muchacho bien parecido y joven la llenaba de un placer a la vez que un sentimiento de culpa.

-Tu turno.-Dijo él.

-¿Mi turno de qué?

-De contarme sobre ti.

- Bien, soy Shaletha Moore, nacida en Harlem, a pocos pasos de la calle 125. Soy diseñadora de modas y trabajo en mi profesión.

-Parece irte bien.

-No puedo quejarme. ¡Ah! Tengo treinta y tres años.

El muchacho no hizo comentarios, en vez de eso la miró con una sonrisa y puso su mano sobre la de ella.

-Shaletha. Eres una mujer muy bella.

-Quieres decir muy bella para una negra.

-¡Nooo! Quiero decir espectacularmente bella.

El halago, aunque esperado y hasta provocado, agradó a Shaletha sobre todo por venir de ese muchacho.

La conversación giró sobre otros temas, en particular actividades deportivas y recreativas. Finalmente Adrián preguntó.

-¿Cuál es tu idea para un sábado a la noche?

-¿Qué quieres decir?

-¿Dónde te gustaría ir?

-Quizás a bailar. ¿Qué te parece?

-Bien, aunque soy malísimo bailando.

-Podemos pensar en otra cosa, no quiero que te sientas a disgusto.

-¿Tú bailas bien?

-Sabes que los negros tenemos una facilidad natural para el baile.

- Entonces puedes enseñarme.

La música movida había sido reemplazada por melodías lentas. Adrián tomó a Shaletha por la cintura y aproximó ambos cuerpos. Como el muchacho era bastante más alto que ella inclinó su cabeza y sus frentes se tocaron. El busto de la mujer se apoyaba en el pecho de él. Adrián giró su cabeza un poco y aproximó sus labios a los de la mujer. Ella entreabrió los suyos. El beso fue prolongado y se fue haciendo ardiente progresivamente. El hombre introdujo su lengua en la boca de ella y la sacó.

-Tienes unos labios muy hermosos.

-También signo de mi raza.

Las lenguas se volvieron a unir y la mano izquierda de Adrián se posó sobre los glúteos de la mujer, y comenzó a acariciarlos.

-No pierdes el tiempo.- Susurró Shaletha.

-¿Quieres que saque la mano?

-No.- Respondió sonrojándose.- De todos modos el local está oscuro.

-¿Quieres que sigamos aquí o hacer otra cosa?

Shaletha gruñó contrariada. Como el muchacho le interesaba realmente y creía interesarle se había propuesto a sí misma no ir a la cama en la primera cita pero las hormonas de ambos estaban en ebullición.

-¿Dónde vives?-Preguntó al muchacho.

-En Flushing, Queens.

-Está lejos. ¿Quieres venir a mi casa? Es muy cerca del lugar en que nos conocimos.

Capítulo 5

Ni bien traspusieron la puerta del departamento los instintos reprimidos durante toda la noche se desataron en forma arrolladora. Adrián apretó a Shaletha sobre la pared cercana a la puerta y ambos se unieron en un beso y un abrazo apasionado. Las manos de él levantaron la falda con la que cuidadosamente se había vestido la mujer y recorrieron sus muslos y acariciaron los glúteos. Shaletha desabrochó la camisa de él y besó el pecho cubierto de vello rojizo. Adrián tomó a la mujer en sus brazos mientras Shaletha le indicaba la dirección del dormitorio. Allí el muchacho la arrojó con una cierta rudeza sobre la cama, levantó su vestido y retiró sus bragas. Sin mediar una palabra introdujo su rostro en los genitales de ella y practicó el sexo oral hasta que la mujer comenzó a gemir y agitarse violentamente, mientras se hamacaba cabalgando la cara de él. Sus fluidos se mezclaron cuando Shaletha tuvo su primer orgasmo. Cuando la labor de él ya había recomenzado a excitar a la mujer nuevamente bajó sus pantalones y se introdujo profundamente en su sexo en forma convulsa hasta llegar a un orgasmo sincrónico. Una vez que el frenesí hubo pasado Adrián cayó con su peso sobre ella y ambos quedaron exhaustos, sudorosos y saciados.

Las uniones se repitieron varias veces separadas por breves períodos, y cuando el vigor se acabó el joven volvió a recurrir al sexo oral, que resultó más placentero para la mujer por la sensación de paz y plenitud que lograba, calmadas ya sus ansias.

Shaletha observó a su compañero de lecho y se preguntó si estaba dormido; como alertado por algún sentido oculto él abrió un ojo y le sonrió. La mujer sentía ganas de hablar, pero sabía que no podría recomenzar con el interrogatorio del comienzo pues podría indisponer al muchacho. Sin embargo deseaba conocer más de él. Decidió permitir que la conversación siguiera su curso sin intentar dirigirla como había hecho antes.

-¡Hola!- Dijo por todo comienzo.

-¡Hola!-Contestó Adrián.

-¿La cama te resulta corta?

-No, está bien, y es muy mullida.

La conversación insustancial prosiguió fluyendo y era obvio que ambos se sentían cómodos con la misma.

-... ¿Qué pasa? ¿Dije algo inconveniente?-Preguntó Shaletha en un momento ante la falta de respuesta de él.

-Todo lo contrario. Callo porque me gusta oír tu voz.

Guiada por un impulso Shaletha, que se había sentado en el lecho, se reclinó y besó los labios del hombre, pero esta vez no fue un beso ardiente de pasión, sino un beso dulce y suave.

-Me gustó eso.- Dijo él en voz queda.

-Debes afeitarte, tu barbilla pincha.- Contestó Shaletha desviando el tema para dominar sus propios sentimientos. El joven la tomó por la cintura y la acostó gentilmente a su lado. Quedaron en silencio con sus cabezas unidas. Shaletha sintió que se estaba enamorando por primera vez en su vida.

Luego de dormir hasta las 3 p.m. almorzaron la comida que Shaletha había preparado para sí misma para los días subsiguientes al llegar del trabajo. Comieron en silencio sabiendo que se acercaba el momento en que Adrián tuviera que partir para su casa en Queens con el fin de prepararse para ir a trabajar el día siguiente. Shaletha por un lado deseaba postergar ese momento todo lo posible pero por otro reconocía en su fuero interno la necesidad de estar un tiempo a solas para procesar todo lo ocurrido en las 24 horas anteriores.

Al retirarse el hombre dio un beso a la dueña de casa, mientras le decía.

-Todo lo que dicen sobre las mujeres negras es cierto. Hoy he cumplido todas mis fantasías eróticas.

-Espero que no sólo eso.

-El tiempo demostrará que no es sólo eso. Tú sabes lo que también dicen.

-¿Qué dicen?

-Que estar por primera vez con una mujer negra es un camino sin retorno.

-Me aseguraré de que no retornes a ningún lado sin mí.

Arionna abrió grandes sus ojos.

-¡Cuatro veces en una noche! Como habrás quedado.

Shaletha no pudo evitar ruborizarse. Esperaba un comentario semejante de su amiga aunque ya sabía que sus sarcasmos eran bien intencionados.

-Esto excede mi experiencia con Kevin. ¿No habrá algo más fuerte que el Viagra?

Shaletha no pudo evitar soltar una carcajada y Arionna se le unió mientras le tomaba de la mano.

-No sabe lo feliz que me hace esto, sobre todo por haber participado en apurar tu decisión. Dime, tuviste en cuenta mi consejo de exigir sexo oral antes.

Shaletha se apresuró a contestar.

-No hizo falta, ni bien entramos en mi apartamento se abalanzó sobre mi y...

La mujer se frenó al ver que la lengua se había escapado fuera de su control; su rostro se ruborizó una vez más.

-¡Arionna, mira las cosas que me haces decir!

- Vamos mujer, suelta todo que te hace bien. Estás narrando a tu mejor amiga tu gran momento. Veo que el tal Adrián conoce sus deberes para con una mujer. Quiero todos los detalles.

Una vez que Shaletha hubo contestado las preguntas exhaustivas de su amiga, ésta meditó un instante y agregó.

-La próxima vez no tienes que permitir algo tan apresurado. Debes hacer que adore todo tu cuerpo antes, y cuando digo todo quiero decir cada parte de él. Ahora escucha, necesito conocer a este muchacho.

Invítalo a cenar junto con mi marido y yo. Me importa mucho la opinión de Kevin; por su condición de profesor está muy habituado a evaluar a gente joven. Mientras tanto, tú te vienes a cenar con nosotros esta noche. Quiero que también tú oigas su opinión.

Tan pronto tocó el timbre de la casa Arionna abrió la puerta. Era obvio que la estaba esperando. Las dos mujeres respiraron tranquilas, ambas habían decidido concurrir bien vestidas.

-Toma, ponlo pronto en la nevera, es un postre helado.-Dijo Shaletha.

-Bien, pasa. Kevin está en la sala.

La visitante, evidentemente familiarizada con la casa dejó su cartera en un estante, colgó su abrigo en un gancho, atravesó el vestíbulo e ingresó en la sala. Kevin se levantó del sillón y se acercó a darle un beso en la mejilla. Era un hombre corpulento, de unos cuarenta y cinco años, de escasos cabellos y barba rojos. Si Shaletha y Arionna habían coincidido en reunirse elegantemente ataviadas, obviamente Kevin no había sido avisado. Se hallaba vestido con un jean ajado, sandalias y una camisa que había conocido mejores tiempos. Pero en realidad no importaba, ya que el certamen de atuendos era puramente femenino y no lo involucraba, de modo que no se dio por aludido.

A los postres Arionna, con su habitual modo frontal decidió ir al grano.

-Shaletha ha conocido a un muchacho que le agrada y que aparentemente gusta de ella. Han tenido una primer cita tórrida, para llamarla de alguna manera. Sin embargo está luchando con sus demonios internos por acostarse con un hombre blanco, bastante más joven y además inmigrante ilegal. En resumen, ha decidido agregar leche a su café y se siente mal por ello.

Al escuchar tan crudamente la descripción exacta de su problema Shaletha deseó que la tierra la tragara; sin embargo sabía que de esa reunión saldría con sus conflictos aclarados al menos en parte, ya que tendría una opinión de dos personas que la amaban y que no estaría oscurecida por el bloqueo emocional que el tema le ocasionaba.

Kevin meditó unos instantes buscando la punta del ovillo del problema, y luego expresó en una forma hilvanada su opinión.

-Aunque aún permanecen bolsones de racismo, la situación de las minorías étnicas en el país y en la mayor parte del mundo es objetivamente mejor. Incluso hay un despertar del concepto de África como una unidad, lamentablemente oscurecido por las luchas intertribales que aún subsisten.

Hizo una pausa y bebió un sorbo de té.

-Sin embargo a nivel de comportamientos individuales y colectivos quedan en nuestros país muchos resabios no superados, más propios de guetos que de una sociedad abierta y plural, y muchas personas se han quedado en la protesta y el reclamo pero no han cambiado sus mentes. Esto se ve en las generaciones pasadas, que en estos momentos tienen problemas para entender lo que pasa por la cabeza de sus hijos y nietos.

Kevin miró fijamente a Shaletha en los ojos.

-En lo que te atañe a ti, lo cierto es que no podrás eludir este conflicto, sobre todo viniendo de una familia tradicional de Harlem. –Hizo un alto para buscar cómo seguir su razonamiento, que sin duda entraba en una nueva fase.

-Sólo tú eres responsable por tu felicidad y para lograrla deberás contrariar algunas opiniones muy fuertes de seres queridos. Será un camino que tendrás que recorrer sola, aunque por supuesto tus amigos estamos aquí para apoyarte. Las barreras entre grupos étnicos que existieron siempre se están desmoronando y es a esta generación que le toca llevar el peso del cambio, y el sufrimiento correspondiente, pero es el precio de la liberación a gran escala que está ocurriendo.

-¿Por qué no le hablas del caso concreto que le atañe a ella, que es el de las relaciones entre mujeres negras y hombres blancos?- Preguntó Arionna, que estaba tan pendiente de las palabras de Kevin como Shaletha. Ésta asintió con la cabeza demostrando su interés.

-Por siglos, desde que ambas razas entraron en contacto el hombre blanco fue dueño del cuerpo y el destino de las negras, y en tiempos del esclavismo los usó a su voluntad. Pero esa época ha terminado y los jóvenes se ven ahora frente a frente y no se juzgan a través de esa carga histórica tan desgraciada. Hay más atracción física y mayor proximidad emocional entre una parte de las mujeres negras y de los hombres blancos que con sus contrapartidas de sus propios grupos raciales. Esto que digo yo lo he experimentado en primera persona. Lo que está ocurriendo es que las chicas y los muchachos se están abriendo a la nueva realidad, y es una realidad emancipadora porque les otorga una libertad de elección muy grande.

-Los jóvenes blancos están listos para abrirse en la medida en que vean que las muchachas negras se abran también hacia ellos.-Intervino Arionna- La pelota está ahora en el campo de las chicas, y se está poniendo en acción como lo demuestran las redes sociales, llenas de grupos que propugnan estas relaciones.

-¿Y qué pasa con las chicas asiáticas?- Preguntó Shaletha.- Ellas también vinieron como inmigrantes pobres, a veces no hablan el idioma y sin embargo se casan con los hombres de aquí con gran frecuencia.

-Es cierto.- Reconoció Arionna.- Una de las quejas de las mujeres negras es debido a que los hombres van a buscar esposas al Asia y no en el vecindario de al lado.

-Lo que pasa es que aunque vinieron como inmigrantes pobres hace relativamente poco tiempo y que el abismo cultural es mayor que en el caso de las Afroamericanas, las asiáticas nunca estuvieron sujetas al estigma de la esclavitud.- Contestó Kevin.- Eso demuestra el peso de las relaciones y de los tabúes sociales en la búsqueda de la pareja, que puede predominar sobre la atracción física. Es algo bastante loco.

La conversación duró un tiempo más. Shaletha sintió que las explicaciones de sus amigos eran convincentes y que ciertos nudos en su interior se estaban comenzando a aflojar. De pronto, y sin ninguna razón aparente comenzó a llorar. Arionna se acercó solícita para calmarla pero su marido la contuvo con la mano.

-Déjala desahogarse. Se ve que toda esta situación con su familia y su pasado le había producido una tensión interna muy grande y ahora comienza a relajarse. Es un llanto liberador.

Capítulo 6

Shaletha se apresuró a abrir la puerta de la vivienda pues afuera diluviaba y era consciente de que Adrián se estaba empapando. Lo hizo pasar al vestíbulo donde el joven se sacó su chaqueta mojada.

-Sácate también los zapatos.- Dijo la mujer. Están empapados y si mantienes los pies mojados te vas a enfermar.

-Pero no voy a andar descalzo por la sala.

-Te traeré algunas pantuflas mías. Aunque te queden chicas vas a poder caminar.

Sentados frente a sendas tazas de café los dos jóvenes estuvieron un rato en silencio. Finalmente Shaletha, que estaba vestida para salir juntos ese sábado dijo.

-La lluvia no va a cesar. No vamos a poder salir hoy.

La salida planeada de ir al teatro efectivamente implicaba caminar muchas cuadras bajo el agua para tomar medios públicos de transporte y por otra parte conseguir taxi en Brooklyn Heights con ese clima no sería tarea sencilla, ni aún con los radio taxis.

-Si tenemos que estar juntos aquí yo no me quejo.-Dijo Adrián con gesto pícaro. Ven, siéntate conmigo en el sillón.

-Espera. Voy a cambiarme de ropa y ponerme algo más adecuado.

Shaletha fue a su dormitorio mientras el hombre recorría con la vista el contenido de la sala. Regresó unos minutos después de haber cambiado completamente su atuendo. Lucía unos pantalones muy cortos y ajustados, que dejaban ver sus muslos carnosos y hermosas rodillas, y permitían adivinar su trasero prominente. Una camisa de tela tenue tenía sólo abrochados tres botones y los faldones anudados en la cintura; en los pies sólo llevaba unas ojotas. Se sentó en el sillón de tres plazas en el extremo opuesto al que estaba Adrián, de modo que los separaba una cierta distancia.

-¡Dios santo! Estás hermosa.- Exclamó el muchacho mientras intentaba arrastrarse por el sillón para aproximarse a ella. Shaletha giró su cuerpo enfrentándolo y levantó una pierna, colocando el pie sobre el rostro de él frenando su impulso.

-¡Nada de eso! No voy a sufrir otra vez un huracán de testosterona. Yo soy quien tiene el tesoro a conquistar y pondré las reglas del juego.

-¿Qué quieres decir?

-Soy una mujer hermosa y deseable. De ahora en adelante controlaré las situaciones y marcaré los tiempos. Quiero ser conquistada milímetro a milímetro e indicaré que me gusta que me hagas y que cosa no me agrada. ¿Aceptas las reglas?

-Sí, por supuesto.-En el rostro del muchacho había sin embargo una cierta desconfianza.

Ella comenzó a recorrer la cara del hombre con los dedos de sus pies, posándolos sobre su frente, sus ojos, nariz y al llegar a la boca forzó su apertura e introdujo su pie adentro. Adrián entendió el juego y lo siguió. Besó la planta del pie y luego chupó los dedos. Cuando la mujer sacó el pie de su boca prosiguió besando sus tobillos y prosiguió su marcha ascendente.

Shaletha estaba en medio de un sopor producido por el placer; tenía el hombre que había elegido, ya había copulado rabiosamente con él la semana anterior y ahora estaba dando rienda suelta a todas sus fantasías sexuales, que durante algunas noches le dificultaban el sueño. Adrián recorrió ese cuerpo perfecto con parsimonia, y luego de llegar a los senos retrocedió colocándose frente al short. Miró a los ojos a Shaletha y ella asintió con su cabeza. El muchacho retiró el short y las bragas y aproximó su rostro al Monte de Venus.

-Te advierto que no me he higienizado adrede y que me siento húmeda por la excitación.

-No te preocupes. Yo me haré cargo.

La mujer se hallaba cabalgando la cara de su hombre y lo hacía con lentitud, prolongando los tiempos mientras almacenaba en su memoria todas las sensaciones que estaba experimentando. Finalmente, de muy lejos y muy adentro se gestó el orgasmo que sin embargo se convirtió inmediatamente en un vendaval.

-Cuéntame algo sobre ti. Yo ya te he narrado mi vida de niña y adolescente en Harlem, mi paso por el secundario y la universidad, los romances fugaces que he tenido y los problemas en mi familia, pero no se casi nada de ti. Podrías ser un narcotraficante o terrorista o algo así.

-Pues no lo soy.

-Cuéntame entonces que eres.

-Mi infancia en el pueblo fue bastante aburrida, como suelen ser en los pequeños pueblos. Allí hice la escuela primaria y la secundaria, y luego me trasladé a Buenos Aires para cursar mis estudios en la Facultad de Arquitectura, Urbanismo y Diseño.

-Allí habrás conocido muchas chicas.

-Unas cuantas futuras arquitectas. Cuando me gradué, hace de esto un año, decidí que ya había pasado bastante tiempo encerrado estudiando y me propuse recorrer un poco de mundo hasta tener que volver y sentar cabeza. Estuve primero en Río de Janeiro hasta que en forma algo repentina decidir venir a Nueva York.

-¿Viviste en Río de Janeiro?

-Sí, si encontrara un buen trabajo allí sería mi lugar en el mundo. Me encanta el ambiente descontracturado y la vida amable.

-¿Y qué me dices de las mujeres de Río?

-Que fue en Río donde adquirí la preferencia por las mujeres negras.

-Sin embargo has dicho que tenías el propósito de regresar a tu país.

-Pero luego se cruzó Nueva York en mi camino.

-¿Sólo te retiene Nueva York?

-Nueva York y una neoyorkina.

Shaletha volvió a pasar su bello pie por la cara de él.

-Sigue halagándome que me gusta.

-¿Te gusta o te excita?

-¿Qué diferencia hay?

Shaletha estaba en la oficina cuando sonó su celular. En la pantalla apareció una foto familiar.

-¡Hola Arionna! ¿Cómo estás?

- Bien, y cómo ha ido tu segunda cita con tu héroe.

Shaletha se retorció en su silla complacida.

-Mejor que la primera, si eso fuera posible.

-Tomaste el control como te aconsejé.

-No esperarás que te cuente ahora lo ocurrido. Estoy trabajando.

-Bien, escucha, Kevin y yo hemos decidido invitarlos a ti y a tu amigo/amante o lo que sea a cenar.

-Veo que sienten curiosidad por él.- Shaletha estaba obviamente halagada.

-No puedo esperar el momento de verlo. ¿Está bien el jueves a la 9 p.m.?

-Voy a invitarlo, supongo que estará todo bien.

Adrián pasó a recoger a Shaletha por su apartamento para ir juntos caminando a casa de Arionna y su marido, distante unas pocas cuadras. Iban juntos tomados del brazo y conversando de muy buen ánimo. Al llegar a una esquina una mujer muy anciana, elegantemente vestida, muy delgada y de grandes ojos azules se dirigió al muchacho en tono severo.

-Jovencito. Ud. está dando un espectáculo deplorable exhibiéndose públicamente con esta mujer... de distinta etnicidad. Van a seguir llenando esta nación de niños mestizos.

El rostro de Adrián se tiñó de rojo. Mientras Shaletha tironeaba de su brazo para alejarlo del sitio el hombre tragó saliva, buscó componer su actitud y contestó en voz baja y controlada.

-Con todos respeto señora. Mi etnicidad y el color de mis críos no son asunto suyo.

La dama lo miró fijamente y siguió su rumbo.

-Esto es increíble. Como se atreve esa vieja en meterse en mis asuntos e increparme en plena calle y a la luz del día.

-Ven. Esto te da la pauta de lo que hemos sufrido por generaciones en este país.- Shaletha volvió a tirar del brazo y acarició la cabeza del muchacho en un gesto de consuelo.

-Mira, ya llegamos; esta es la casa.

-De modo que este es el famoso Adrián. Pasen adelante.

El joven besó la mejilla de la mujer, la que quedó un poco sorprendida y exclamó riendo.

-Bueno, si Shaletha no tiene nada que decir.

-En su país tienen la costumbre de besar a las mujeres apenas se conocen.- Contestó Shaletha también riendo.- Al menos así cuenta él.

-Perdón...fue un gesto involuntario.-Dijo Adrián un poco turbado.-Es cierto, he perdido la costumbre de darle la mano a una mujer.

-Bueno, es un gesto amable que quizás debiéramos imitar en este país.- Dijo la anfitriona. Denme los abrigos.

Arionna los condujo a la sala, donde se encontraba Kevin quien se levantó a saludar a los recién llegados.

-¿Y tu nombre es...?-Inquirió Arionna.

-¡Ah!Si... perdón. Soy Adrián Bianchi.

-Lo que ocurre es que acabamos de tener un episodio desagradable, que ha afectado a Adrián más de la cuenta.- Explicó Shaletha, y a continuación narró lo ocurrido con la anciana en la calle.

-Lo lamento y me avergüenza que en América sucedan aún estas cosas.-Dijo Kevin poniendo una mano familiarmente en el brazo del joven- Al comienzo tuvimos un par de episodios similares con Arionna, pero ya son cada vez más escasos. Tengo que agregar que en nuestro caso las que criticaron también fueron siempre mujeres blancas.

-Odian la competencia de las negras.- Agregó Arionna con su habitual tono jovial.-Esas viejas desdeñosas y desgarbadas no saben cuidar a sus hombres y buscan culpables afuera.

-Vengan, pasen y siéntense.- Kevin señaló el camino hacia los sillones.

-Tú ven conmigo a la cocina a buscar las cosas.- Dijo Arionna dirigiéndose a su amiga.

- Es espléndido.- Le dijo una vez en la cocina.-Y muy joven. Me alegro por ti querida, no mereces menos. ¿Cómo dijo que era su apellido?

-Bianchi. Adrián Bianchi.

-O sea que en definitiva este es otro caso de romance mujer negra con hombre italiano. Chocolate con vino tinto. Es una mezcla comprobada y exitosa.

-¿No puedes hablar en serio por una vez?- Dijo Shaletha con cólera fingida.

Al cabo de poco tiempo la conversación derivó hacia la Argentina que lógicamente constituía un tema de interés para los anfitriones, por lo novedoso y por el hecho de que Kevin fuera profesor de historia.

-¿Es cierto que en Argentina no hay negros?-Preguntó la dueña de casa.

-En realidad por la calle se ven muy pocos y en general son extranjeros. Hay muchos más orientales que Afro descendientes.

-Sé que Argentina es un país de inmigración, como los Estados Unidos o Canadá.- Expresó Kevin.- Es raro que no haya población de origen africano. ¿No llevaron esclavos en la época de la colonia española, como los portugueses a Brasil?

-Quizás las cantidades fueron mucho menores porque por razones climáticas en lo que es ahora Argentina no había cultivos de algodón, café u otros similares. Sin embargo la historia dice que en los tiempos de la colonia buena parte de la población de Buenos Aires eran esclavos africanos, quizás hasta un treinta por ciento.

-Interesante.- Dijo Kevin moviéndose en su sillón en una posición corporal de atención.- ¿Y qué pasó con ellos?

-Fueron parte de las guerras de la independencia a partir de 1810. En la Asamblea de 1813, uno de los llamados pactos preexistentes de la Constitución Nacional, se declaró la libertad de vientres.

-¿Qué quiere decir eso?- Inquirió Arionna.- ¿El fin de la esclavitud?

-No realmente. El significado era que toda persona que naciera en el territorio nacional era libre, aunque naciera de vientre esclavo. La libertad ocurría al casarse o cumplir 16 años.

-¿O sea que los hijos de las negras nacían libres, aunque sus madres siguieran esclavas?- Preguntó nuevamente la dueña de casa.- ¿Sería que los padres eran los amos blancos que liberaban a sus propios hijos?

-En algunos casos puede ser.- Respondió Adrián.-Pero el resultado fue que cuando la Constitución fue promulgada en 1853 incluyendo el fin de la esclavitud quedaban en realidad muy pocos esclavos.

-En realidad tanto 1813 como 1852 fueron fechas anteriores a la proclamación de la emancipación en 1863 en nuestro país por el presidente Abraham Lincoln, luego de la Guerra Civil. Ya el tráfico de esclavos había sido declarado ilegal en el Imperio Británico a partir de 1807. Argentina fue entonces uno de los países pioneros en ese aspecto.- Meditó Kevin.- Quizás el hecho de que no hubiera grandes plantaciones o minas en el territorio hizo que no hubiera grandes intereses económicos ligados a la existencia de esclavos. Y dime entonces Adrián ¿Cómo es que Argentina se convierte en una potencia agrícola y ganadera?

-La ganadería a campo abierto existía desde los tiempos de la colonia. La agricultura extensiva aparece con la gran inmigración europea a partir de 1870.

-¿Y qué pasó con los negros que ya existían en el país?-Preguntó Arionna.

-Hubo grandes pestes en el siglo XIX en Buenos Aires: La fiebre amarilla devastó la ciudad, sobre todo los barrios pobres habitados por la gente de color. Las guerras civiles y sobre todo la sangrienta Guerra con el Paraguay produjeron muchas bajas.

-Y con seguridad los negros iban al frente.-Argumentó Arionna.

-Sé que participaron de la guerra precisamente porque eran hombres libres.-Contestó el joven.

-La libertad tiene su precio.- Reflexionó Kevin.

-¿Y luego que pasó?-Insistió evidentemente interesada su mujer.

-El comienzo de la gran oleada inmigratoria a partir de 1853 y durante todo el resto del siglo XIX consistía mayormente de varones solos por lo que se produjo un gran mestizaje. Los inmigrantes eran muchos más que los nativos.

Kevin había abierto su notebook y estaba realizando una búsqueda en Google bajo los términos "mestizaje en Argentina".

-Vean esto. De acuerdo con estudios genéticos realizados por género, el aporte genético por vía paterna de la población argentina revela aproximadamente un 94% de componente europeo, 5%indígena y 1% africano. En cambio por vía materna los aportes son 44% europeo, 54% indígena y 2% africano. Esto produjo que los rasgos étnicos indígenas y africanos se diluyeron en la marea europea.

-Es decir que los europeos se cruzaron con las indias y con las negras.- Resumió escuetamente Arionna.-Me pregunto si habrá sido voluntariamente.-Agregó con su habitual actitud reivindicatoria.

- A ti y a mi nadie nos forzó a elegir blancos.- El tono de Shaletha fue de amable reproche.

-No creo que nadie haya forzado a las mujeres a casarse con los inmigrantes.-Dijo Adrián.-Lo pueden haber hecho por gusto...

-... O para ascender en la escala social.- Insertó el dueño de casa.

-Los inmigrantes eran muy pobres y no tenían un status muy alto en la sociedad de entonces.- Insistió el joven.

Arionna levantó el índice de su mano derecha; su actitud general anticipaba que lo que estaba por agregar sería uno de sus comentarios irónicos.

-Tengo que reconocer qua para muchas chicas negras que conozco hubiera sido una situación ideal. Hubieran tenido candidatos para elegir.

Su marido estalló en una carcajada.

- Lo que de todas maneras revela este estudio es que el componente étnico indígena es muy fuerte en Argentina y que el africano está allí, aunque no sea evidente a simple vista.- Concluyó Kevin.

- O sea que la pareja formada por Uds. dos tiene muchos precedentes en tu país.- Dijo Arionna dirigiéndose a su visitante.- A pesar de lo que diga la vieja tonta con quien se encontraron en Brooklyn Heights.

La reunión llegó a su fin, ya que al día siguiente todos debían trabajar.

-Lo que hemos aprendido de tu país es muy interesante.- Dijo Kevin al estrechar la mano de su visitante. Debemos repetir esto es otro momento.

-Gracias por la hospitalidad. En el tiempo que llevo en Nueva York no me habían invitado a una reunión tan agradable.

Al salir Adrián acompañó a Shaletha a su casa.

-¿No quieres quedarte esta noche?

-Tengo que levantarme mañana temprano y sabes que tengo mucho viaje. Además ya viene el fin de semana.

-Tienes razón. Vente el sábado temprano y trae tus cosas para pasar los dos días conmigo.

-¡Todo un desafío!

-Tengo que exprimirte bien.

Aprovechando que no pasaba nadie por la calle, se unieron en un beso prolongado y ardiente.

-¡Basta! No voy a poder dormir esta noche.- Exclamó la mujer.

Shaletha ya se había introducido en la cama cuando sonó su celular.

-Hola Arionna.-Dijo bostezando cuando reconoció la foto en la pantalla.

-Quería decirte que tu muchacho nos ha producido una excelente impresión a Kevin y a mí.- Quien la conocía podía reconocer por su tono que estaba hablando en serio.

-Me alegro. Un beso.

Shaletha se acostó, y a pesar de sus temores se durmió profundamente de inmediato.

Capítulo 7

Los dos muchachos caminaban tambaleándose por el callejón, cantando a voces desacompasadas a pesar de lo avanzado de la noche, pateando los tachos de basura que hallaban a su paso así como las latas de cerveza y otras cosas desparramadas por el sucio suelo. Contaban con la impunidad que les proporcionaba el temor de los vecinos de abrir sus ventanas al exterior cargado de peligros y acechanzas, de modo que sufrían en silencio. Esa parte de Harlem no había experimentado los cambios favorables que habían hecho la vida de la mayoría de sus habitantes más placenteras y dignas.

El efecto del alcohol y seguramente de otras sustancias era evidente en el comportamiento agresivo de los muchachos y en la incoherencia de los balbuceos al hablar o cantar.

-¡Oye Leroy! Mira esa botella allí. Vamos a probar nuestra puntería con ella.

El mencionado colocó la botella vacía tirada entre un montón de basura sobre uno de los contenedores de desperdicios y ambos comenzaron a tirar piedras y otros objetos sobre ella hasta que finalmente estalló en mil pedazos que cayeron al suelo. Las risotadas siguieron al hecho y los revoltosos se abrazaron llorando de la alegría y la borrachera.

-¡Hey Zion! ¿De dónde viene esa luz?

-Si algún maldito vecino ha abierto la ventana lo lamentará.

-No, oye. La luz viene de la esquina.

En efecto, una vez que el llamado Leroy cubrió su cara con sus manos pudo ver que la deslumbradora luz venía de los focos de un automóvil que se acercaba desde la esquina.

-Es una trampa Zion. ¡Corre!

Súbitamente despejadas sus mentes por el peligro inminente los dos muchachos corrieron en dirección opuesta hasta que desde la otra esquina también se encendieron unos potentes faros de un auto estacionado en ella.

-Estamos en una ratonera.-Gritó desesperadamente Leroy. En ese momento comenzaron los disparos desde el primer auto.

-¡Socorro Zion! Me han dado.

Leroy se estaba desplomando lentamente al suelo; su abdomen mostraba manchas oscuras y Zion sabía que eran. Leroy trataba de extraer laboriosamente algo de entre sus ropas pero finalmente sus movimientos se detuvieron. Zion tomó en sus manos temblorosas la Smith & Wesson que su amigo cargaba. Aterrado verificó que el auto se había detenido y de él bajaba un negro gigantesco portando lo que pudo distinguir como un arma larga en sus manos.

Zion no dudó, levantó el revólver al mismo tiempo que el matón le apuntaba y le disparó un tiro afortunado que dio en la frente de su rival, quien se derrumbó sin un quejido. Zion saltó como un resorte y corrió hacia el primer automóvil a toda velocidad vaciando el cargador de su revólver sobre el vehículo. Al pasar junto a él pudo ver que el parabrisas acribillado mostraba grandes manchas de sangre. Al mirar en el interior reconoció al conductor, miembro de una banda rival; el hombre estaba muerto.

Del otro automóvil provinieron fuertes gritos y al darse vuelta Zion distinguió a tres hombres negros fuertemente armados que avanzaban en su dirección. Corrió desesperadamente por su vida y a pesar de la carga de alcohol y narcóticos que llevaba encima pudo poner la suficiente distancia con sus perseguidores y perderse en la jungla de callejones en sombras. El corazón le latía por el esfuerzo y el terror. Sabía quiénes eran los que le perseguían y por qué. El hecho de que ahora había matado a dos de ellos no haría más que aumentar el odio que le tenían y los medios que pondrían para perseguirlo. Borró las huellas del revólver con su camisa y lo arrojó a un desagüe pluvial. Su cerebro carcomido por las drogas buscaba con desesperación una salida.

Shaletha se despertó sobresaltada por el sonido del teléfono.

"Maldito celular. Me olvidé de apagarlo anoche. ¿Quién estará llamando a estas horas? Acabo de dormirme." Pensó enojada. Luego echó una mirada al reloj despertador y comprobó que eran las cuatro de la mañana.

-Hola. ¡Zion! ¿Qué te pasa? No te entiendo. ¿Estás drogado?... ¿Cómo dices?... ¡Ay Mi Dios!... ¿Dices que has matado a dos hombres?

Shaletha se sentó en el suelo porque sintió que las piernas no le respondían. Siguió escuchando las explicaciones balbuceantes de su hermano, quien normalmente tenía problemas de dicción, y ahora, bajo los efectos de las drogas y el terror sólo atinaba a proferir gruñidos incoherentes.

-¿Dónde estás?...Sí, recuerdo el sitio. Es un lugar espantoso lleno de peligros...Bien, quédate allí, veré en que puedo pensar.

Su hermano había sido una especie de condena permanente en la vida de Shaletha, pero nunca había llegado a esos extremos. Había matado y ahora era buscado por una de las bandas más peligrosas de narcotraficantes de Nueva York para asesinarlo.

La muchacha descartó de inmediato la idea de ignorar un problema que no era suyo y que estaba envuelto en riesgos.

"La sangre es más espesa que el agua."Pensó.

La cabeza le daba vueltas a la mujer, quien se levantó a calentar un café para despejar su mente. Efectivamente, el brebaje recalentado y fuerte le hizo reaccionar y pudo elaborar un plan. Tomó el celular y buscó un número en la memoria.

-Adrián, soy Shaletha... No, no, yo estoy bien. Perdóname por llamarte a las cuatro y media de la mañana, pero no sé a quién más recurrir. Escúchame por favor. Mi hermano Zion me acaba de llamar. Ya te conté que él se encuentra en problemas de distribución de drogas con un grupo de Harlem...Me acaba de llamar, está siendo buscado por los matones de una banda rival para asesinarlo por un tema de disputa de territorios.- Sin saber bien porqué Shaletha decidió omitir la confesión de asesinato que su hermano le había hecho.- Está escondido en un sitio de Harlem en que solíamos jugar de niños...y me pide que lo vaya a buscar... algo así como las extracciones en las películas de espionaje. Hola ¿Sigues allí?

-Sí, Shaletha, estoy pensando. Esta situación es también nueva para mi...Escucha, voy a pedir un automóvil prestado a mi compañero de trabajo portorriqueño que vive en el piso de abajo. Prepárate pues te paso a buscar...no se cuanto tiempo me llevará, tengo que ir a tu casa desde Queens, pero calculo que a esta hora no habrá mucho tráfico. ¿Tienes cómo comunicarte con tu hermano?

-Pienso que en el registro de mi celular estará el número desde el que me llamó.

-Bien apróntate.

Shaletha consiguió normalizar su respiración al encontrarse en movimiento luego de la noticia que la había despertado. Su cabeza seguía funcionando velozmente.

"Al diablo, es su hijo. Lo voy a llamar."

Marcó otro número en el celular y al rato le respondió la voz alarmada del padre.

-Shaletha, hija. ¿Qué te ocurre?

La mujer puso a su padre del corriente de toda la conversación con Zion y luego con Adrián.

-...Buen Dios. ¿Dices que ha matado a dos hombres?

-Por lo que me ha dicho fue en defensa propia. No estaríamos hablando de él ahora si no lo hubiera hecho.

- Y dices que has llamado a ese amigo tuyo antes que a tu padre.

-He llamado a quién sabía que me iba a dar una respuesta. Lo siento papá, tú eres parte del problema de Zion. Lo que te debieras estar preguntando no es porque llamé a mi amigo antes que a ti. Te debieras preguntar porque tu hijo me llamó a mí y no a ti en su momento de desesperación.

Shaletha oyó un gemido en el otro lado de la línea.

-¿Puedo contar contigo para buscar a Zion?

-Por supuesto hija.

-Bien. Prepárate. Adrián me pasa a buscar por mi casa y luego vamos a buscarte a ti. El sitio donde debemos buscar a Zion no está lejos de tu casa.

El viejo Toyota paró y estacionó en doble fila en el sitio indicado por Shaletha.

-Espérame con el motor en marcha, voy a buscar a mi padre...No, allí sale de la casa.

El anciano entró en el auto y Shaletha hizo las presentaciones. Ezra Moore ya sabía que el novio de su hija era blanco y tenía expectativa por conocerlo; aun así el estómago se le hizo un nudo al estrecharle la mano.

-La puerta de su lado cierra mal, Sr. Moore. Por favor cierre con fuerza.

-Llámame Ezra.-Dijo dando un portazo como se le requirió.

-Bien Ezra. Yo soy Adrián.- El muchacho se dio vuelta en el asiento del conductor y dijo a sus dos acompañantes.

-Shaletha se baja aquí y espera nuestro regreso. No estoy dispuesto a permitir que corra peligros. Es mi condición para seguir adelante.

-De ninguna manera...-Comenzó a decir la mujer.

Ezra le puso una mano en el hombro.

-Hija, Adrián tiene toda la razón. Dime dónde quedaste en encontrarte con Zion, te bajas del automóvil, lo llamas para decirle que estamos llegando y nos esperas en mi casa.- Shaletha notó una determinación en el tono de su padre que no oía desde mucho tiempo atrás y decidió no perder más tiempo en discusiones inútiles.

-Bien papa. Suerte a ambos.

Mientras recorrían las cuadras que los separaban del sitio al que se dirigían Ezra dijo.

-Mientras los esperaba hablé con mi hermano mayor. Vive en Gary, Indiana, donde fue policía durante treinta años. Es el padrino de bautismo de Zion y siempre tomó en serio esa responsabilidad, lo que también a él le trajo sufrimientos. El elaboró este plan para sacar a Zion de su problema. No puede contarse con aeropuertos ni terminales de ómnibus pues las bandas las tendrán controlados. Debemos llevar al muchacho hasta Albany. ¿Estás dispuesto a llevarlo?

-Ya que estoy en este trance lo haré.

-De allí mi hermano Jakob está organizando un camión de transporte para que lo lleve a Gary. Es una ciudad cercana a Chicago y está habitada por gente de color en gran medida. Allí las bandas de Nueva York no tienen cabida, lo mantendrán escondido por un tiempo y cuando puedan lo sacarán del país.

Jakob le había preguntado a su hermano si el novio de su sobrina era de confiar, y Ezra había tenido que confesar que no lo conocía, pero que confiaba plenamente en el juicio de su hija.

-¿Sabe que Zion ha matado a dos hombres?-Preguntó Jakob.

-No. Sin saber bien porque, Shaletha no se lo ha contado.

-Mejor así. Cuanto menos sepa mejor. Además no tiene sentido involucrarlo también a él en una ofensa criminal como la de dar ayuda a un asesino prófugo. Nosotros somos familiares y tenemos un cierto descargo, pero no es su caso.

Pero nada de esto contó Ezra a su acompañante.

Al llegar al sitio indicado Adrián detuvo el auto.

-Quédate en el coche.- Indicó Ezra.- El chico debe estar aterrado y sólo deber ver caras conocidas.-El hombre descendió del auto y se introdujo en un edificio abandonado abriendo una puerta que rechinaba atrozmente. Adrián permaneció en el vehículo y observaba con aprensión a los pocos viandantes que acertaban a pasar por aquel callejón olvidado quien sabe para qué menesteres. Era a su vez mirado con desconfianza y hostilidad por los paseantes que no entendían que hacía un blanco desconocido en un auto con el motor en marcha en su vecindario. Un joven de color llegó a golpear el cristal de la ventanilla del acompañante mientras vociferaba algo incomprensible para Adrián.

Aprovechó la espera para llamar al compañero de trabajo para avisarle que no esperara el auto de regreso hasta el día siguiente.

-No hay problema. No lo voy a usar hasta el fin de semana. Sólo tráemelo sin destrozos.

-Gracias Manuel. Te debo una.

Debido a la tensión la espera le parecía eterna y sintió las manos sudadas a pesar del frío matinal

Finalmente apareció Ezra con un muchacho desastrado que se movía en forma tambaleante. Era evidente que el padre había estado esperando un momento en que no pasara nadie para minimizar las posibles filtraciones de la noticia a los perseguidores de su hijo.

-¿Quién es este blanquito?-Chilló Zion.

-Es el novio de Shaletha. Entra en el auto, que no quiero que nos vean. Ve en asiento trasero y tírate en el piso. Nadie debe verte desde aquí hasta Albany

-¡Son 160 millas!

-No tienes elección.-Fue la ruda respuesta.

El viaje por la amplia autopista fue bastante rápido. En un momento Adrián vio a lo lejos a la policía a ambos lados de la ruta.

-Mire. Están parando el tráfico.

-No puede estar relacionado con Zion. Nadie puede relacionar nuestro viaje con un crimen en Harlem; aminora la marcha y veamos qué pasa. Dándose vuelta hacia el asiento trasero acomodó los abrigos cubriendo el cuerpo de Zion que dormía profundamente; como el muchacho roncaba Ezra encendió la radio del auto y la puso al máximo volumen.

El policía con una señal en la mano les hizo indicaciones de parar al costado de la ruta.

-¿Tienes los papeles del auto y una licencia de conducir válida?-Preguntó Ezra, a lo que Adrián contestó afirmativamente.

El policía se acercó al auto y pidió abrir la ventanilla del conductor. Adrián tenía preparados los documentos en su mano y los extendió al uniformado.

-No hacen falta.-Le contestó el oficial.-No es un control de ruta. Queremos avisarle que hay un camión-tanque cargado con productos químicos volcado una milla más adelante. Podría por favor bajar el volumen de la radio.

-Sí, disculpe.- Contestó Adrián.-Lo que ocurre es que mi suegro es un poco sordo.

Ezra temblaba pensando que su hijo podría emitir sonidos delatores. Sin embargo afortunadamente nada ocurrió.

-Muy bien señor, que tengan un buen día.- Contestó el oficial, mientras les hacía señal de proseguir con el cartel.

Ezra exhaló un suspiro prolongado de alivio; justo en ese momento Zion se dio vuelta en el suelo del automóvil y comenzó a toser ruidosamente, aun dormido. ¡Un minuto antes...!

-¿Qué es eso de suegro sordo?

-Bueno, había que salir del paso de alguna forma y funcionó.

Ezra pensó que quizás debía habituarse a la idea de ser suegro, aunque fuera de un blanco.

-Bien, no soy sordo.

El resto del viaje hasta Albany no tuvo otras alternativas. Ezra recibió un llamado de su hermano, dándole el nombre y la dirección de la persona que los esperaba en la ciudad, en realidad en los suburbios. Al llegar el anciano se bajó, tocó el timbre de la puerta y le fue franqueado el paso. Al rato se abrió el portón de un garaje perteneciente a la casa y un hombre de color hizo señales a Adrián de entrar el automóvil. El portón se cerró tras ellos y Ezra ya los esperaba dentro del garaje. Se asomó al interior del vehículo e hizo señas a su hijo que saliera. El muchacho así lo hizo rezongando por la posición que había tenido que soportar durante tres horas.

-No te quejes.- Contestó sombríamente su padre.- Si no hubiera sido por ti y tus relaciones no tendríamos que estar pasando por esto.

Zion no se inmutó y le contestó.

-Puedes decirle a Shaletha que su blanquito...*cool.*

Lo que debía ser su frase más larga y compleja pronunciada en una semana.

En el viaje de regreso Ezra y Adrián mantuvieron silencio durante buena parte del camino. Los ojos del anciano estaban rojos y era evidente que por su mente rondaban todo tipo de pensamientos melancólicos. En un momento determinado rompió a llorar en absoluto silencio. Sin pronunciar una palabra Adrián sacó una mano del volante y la colocó sobre la de Ezra.

Capítulo 8

Shaletha tomó la llamada de su celular. Se alegró de que fuera de Arionna; después de un día de tormento y extrema tensión necesitaba descargarse con alguien y no había mejor bálsamo que su amiga.

Arionna no intentó calmar a la mujer desde el comienzo, la conocía bien y sabía que necesitaba eliminar toda su angustia de su cuerpo y de su mente. Sólo una vez que consideró que la catarsis había tenido lugar su natural empatía comenzó a jugar.

-Entiendo todo el dolor que te ha provocado tu hermano y su situación, pero piensa que él recurrió a ti en su momento más desesperante y a pesar de tu falta de preparación para una circunstancia así, tú respondiste adecuadamente y entre todos han podido evitar el peligro más inminente. Lo mejor que podían hacer con Zion era sacarlo del medio en que se hallaba y darle una chance en otro sitio. ¿Se sabe dónde va a ir?

-Cuando se aquieten las aguas tío Jakob va a hacer que Zion viaje al extranjero desde Chicago, pero no sabemos ni sabremos donde irá.

-Es mejor así...Hay otro tema que debes pensar.

-¿Qué quieres decir?

-Todo tu entorno fue puesto en estado de máxima tensión y respondió bien aunque tampoco estaban preparados. En particular Adrián, quien se metió de lleno en una situación riesgosa, a pesar de no ser parte de la familia y de su condición de ilegal. Es una muestra práctica de su amor por ti, que de otra forma no hubieras tenido.

-Como de costumbre tienes razón.

-Y también la situación ha permitido a tu padre hacer algo concreto por su hijo, algo que no había hecho antes.

Las palabras reconfortantes de Arionna tuvieron el efecto paradójico de lograr que su amiga prorrumpiera en llanto. La mujer dejó que continuara su descarga y luego le dijo.

-En medio de tanto drama, tengo una buena noticia para darte.

-¿De qué se trata?

-Estoy embarazada.

Shaletha pegó un grito.

-¡Oh! Arionna, eso es maravilloso. Cumple tus sueños de varios años.

El cambio de humor de Shaletha con la noticia fue tan abrupto que su amiga le sonrió a su teléfono. En realidad su llamada a Shaletha había tenido el fin de comunicarle la noticia del embarazo, pero al enterarse de la situación atravesada por ella había esperado pacientemente el momento adecuado para sacar a su amiga del pozo emocional en que se encontraba. Arionna estaba auto-satisfecha con los resultados de su evaluación psicológica.

La conversación derivó luego a la reacción de Kevin y otros temas, y cuando cortaron la comunicación Shaletha tuvo la percepción de que el oscuro episodio de Zion comenzaba a quedar en el pasado.

En ese momento sonó el timbre de la casa. La mujer se abalanzó a abrir y a través de le mirilla comprobó que era efectivamente Adrián quien llegaba. Abrió la puerta, lo tomó de la mano y sin ninguna palabra lo arrastró por el vestíbulo hasta el dormitorio. Allí lo empujó sobre la cama y le dijo.

-Adrián Bianchi. Voy a hacerte el amor como nunca te lo han hecho en tu vida y como sólo una mujer negra te lo puede hacer.

Exhaustos y transpirados yacían en la cama sin energías para levantarse. Shaletha ya había ofrecido cenar juntos pero estaba aún reuniendo fuerzas.

-No creo que lo sepas pero te has convertido en un héroe para mi padre. Imagínate, un desconocido surgido de la nada que le ayuda a solucionar el mayor enredo en que su familia se vio envuelta en toda su existencia. Hasta se puede olvidar el color de tu piel.

-¡Bah! Yo creo que el héroe que dio realmente la solución fue ese Jakob de Mary, Indiana.

-Gary, Indiana. Sí, tío Jake es una especie de ángel de la guarda de la familia y lo ha sido siempre, pero el que ha sacado las castañas del fuego hasta que Jake pudiera entrar en acción has sido tú.

Shaletha pudo finalmente decidirse a sentarse en el lecho y ponerse un salto de cama.

-¡Ah! Otra noticia importante. Arionna está embarazada.

-Tú me has contado que lo estaban buscando desde hace tiempo. Así es. Estoy encantado con la noticia...

-¿Pero?

-¿Pero qué?

-Pero la envidias, aunque sea un poco.- El tono de Adrián oscilaba entre la afirmación y la pregunta. Shaletha se levantó de la cama, pero el hombre la tomó del brazo y la volcó nuevamente sobre la cama.

-¿Sabes? Podríamos hacer algo al respecto.- Dicho eso se colocó encima de ella besándola en la boca e introduciendo sus manos entre sus ropas.

-Bien, puedo ver que el viaje a Albany no te ha dado hambre.

Adrián regresó de su trabajo a las 7 p.m. La noche anterior había permanecido en el apartamento de Shaletha y aunque aún no lo habían decidido esa noche posiblemente haría lo mismo. Luego de ducharse salió del baño aun parcialmente vestido. Se encontró con que la mujer estaba poniendo la mesa.

-¿Qué has ordenado para hoy?-Preguntó.

- Hoy también pedí comida china pero mañana prometo que cocinaré para ti.

-No puedo quedarme otro día. Estoy con la misma camisa con que fui a Albany, y debo ver qué pasa en mi apartamento, cartas, cuentas a pagar y cosas así.

-Si recibes y pagas todo por Internet.- Dijo ella mimosa, abrazándose a su cintura.- Lo que pasa es que no quieres estar conmigo.

-Sabes que la verdad es exactamente la contraria.

-Bien, pero si te vas traes luego ropa para varios días.

-Una propuesta tentadora.

-¡Ah! Olvidaba decirte. Mi padre nos ha invitado a cenar el sábado en su casa.

-Con tu padre ya hemos llegado a algún acuerdo de convivencia, ¿Pero qué pasa con tu madre?

-Has dado en el clavo. Ese es el tema. Por su parte mi hermana está ansiosa por conocerte. Le gustan los jóvenes blancos, y ya tiene un amigo ruso. Esto pone loca a mi madre.

- No creo que para ella un amigo argentino sea mejor que uno ruso.

-Es probable que así sea. ¿Te animas a estar expuesto a eso?

-Si me animé a ir a buscar a tu hermano podré enfrentar a tu madre.

El sábado ambos viajaron en metro y se bajaron en la estación de la calle 125. La casi totalidad de los pasajeros del tren y con los que se cruzaron en el entrepiso de la estación eran gente de color. Shaletha insistió en ir tomada del brazo con Adrián, a pesar de las miradas recelosas de algunos hombres, pero sólo los detuvo una anciana afroamericana muy mayor para decirles.

-Hacen una hermosa pareja, y tendrán hermosos niños. En mi época tuve un novio blanco en Missisipi pero debíamos vernos a escondidas.

Caminaron varias cuadras por un calle lateral y repentinamente un hombre joven comenzó a gesticular y gritarles desde la vereda de enfrente. Shaletha tuvo una reacción inesperada, se cruzó y plantó delante de él y le increpó en términos que Adrián no pudo entender. El hombre, tomado por sorpresa bajó la cabeza y se escurrió de la escena mientras todos los paseantes lo seguían con la vista.

Cuando Shaletha regresó junto a él el muchacho le preguntó.

-¿Qué fue lo que pasó? ¿Qué nos gritaba ese tipo?

-Se dirigía a ti llamándote demonio pálido y exigiéndote que dejes tranquilas a las "hermanas".

-¿Quién se cree que es?

-Uno de esos afroamericanos que creen que las mujeres de color son de su exclusiva propiedad.

-Una mentalidad de sultán o de califa. ¿Y no tuviste miedo de ir a enfrentarlo?

- Este es el barrio en que nací, No voy a permitir que un payaso cobarde me amedrente. Además estabas tú. –Le tomó nuevamente del brazo.-Dime ¿qué hubieras hecho si me atacaba?

-Huir, no tengas dudas; con tantos negros alrededor.

Shaletha le pellizcó el brazo con fuerza mientras soltaba una carcajada.

-De quien tienes que cuidarte es de esta negra.

- Para eso ya es tarde.

-Harías buena pareja con Arionna.

-Habría que consultar con Kevin, quien acaba de hacer una inversión importante en la barriga de ella.

-Me refiero a los sarcasmos, tonto. Mira ya llegamos.

Ezra abrió la puerta, abrazó y besó a su hija y estrechó la mano de Adrián.

Al entrar en la casa se toparon con una bella muchacha. Shaletha hizo las presentaciones.

-Alyssa, este es Adrián. Adrián ella es Alyssa. ¿No es una belleza?

-Es realmente hermosa. Ezra, te felicito por tus dos hijas.

-Así que tú eres el "famoso" Adrián. Bueno, con razón Shaletha te tenía tan escondido.

-Alyssa, no seas atrevida. Yo lo vi primero.-Exclamó la hermana divertida.

En ese momento entró en el vestíbulo una mujer mayor y el clima festivo que reinaba hasta ese momento quedó en suspenso.

-Mamá, te presento a mi novio Adrián. Adrián, mi madre.

El joven notó que el ceño adusto de la mujer tuvo un imperceptible tic al oír la palabra "novio". Por lo demás era obvio que la mujer había transmitido a sus hijas su belleza.

-Señora.-Dijo estirando su mano.

-Soy Helen Moore.- Estrechó la mano y se dio vuelta de inmediato.-Por favor pasen a la sala.

En la charla que antecedió a la cena Alyssa tomó la iniciativa casi permanentemente. En realidad era la más próxima en edad al visitante, de modo que formulaba todo tipo de preguntas sobre la vida de los adolescentes en Argentina, muchas de las cuales quedaban sin respuesta.

-Alyssa, no abrumes a Adrián con preguntas.-Intervino Ezra, quien seguía con atención la escena.- Es obvio que no tiene conocimiento de todos tus grupos musicales, artistas, héroes y villanos.

Era evidente que Alyssa tenía una fuerte inclinación musical y estaba muy actualizada en el tema. Finalmente preguntó.

-¿Qué tipo de música oyen en tu país?

-No todos oyen lo mismo. Rock nacional, tango, música folklórica.

-¿Y tú que prefieres?

-Como soy de un pueblo de provincia, me gusta el folklore.

-A ver cántanos algo.

-Alyssa.- Protestó divertido el padre. En ese momento entraron Helen y Shaletha con la comida e invitaron a pasar al comedor.

-Bien, por ahora te has salvado.-Dijo Alyssa.- Pero ya te haremos cantar para mis amigas y para mí.

-Eso suena a amenaza.-Dijo risueña Shaletha.- Y es capaz de cumplirla.

Al comenzar la cena Ezra ofreció a Adrián decir una oración.

-Papá, no lo pongas en aprietos.- Expresó Shaletha.- Dila tú que lo haces bien.

La cena fue bastante silenciosa. Al finalizar los platos la conversación retornó a la mesa.

-¿Sr Bianchi, a qué religión pertenece Ud.?

En realidad era la primera frase que pronunciaba Helen. Tomó a todos por sorpresa por el tenor y la oportunidad. Un momento de silencio siguió a la pregunta.

-Pero mujer; el novio de tu hija viene a la casa por primera vez y a ti se te ocurre preguntarle por su religión.-El tono del marido era de reprimenda.

-No hay problema Ezra. Puedo contestarlo. Me considero cristiano.

-¿Tendrá alguna denominación en particular?- Insistió la madre, evidenciando la importancia que el tema tenía para ella.

-Fui bautizado por la iglesia católica, pero como dije antes sólo me considero cristiano.- El tono de la respuesta trasuntó que tras la respuesta había alguna convicción firme. Shaletha enarcó una ceja al percatarse de que su novio tenía un núcleo duro de creencias tras su personalidad flexible.

-Bien, todos los cristianos compartimos lo esencial.-Dijo amigablemente Ezra, con la intención de cambiar el tema.

Luego de un rato de conversación, mientras Helen y Ezra retiraban los platos, Shaletha dijo a Adrián.

-Tenemos un largo viaje y que caminar varias cuadras oscuras, sería conveniente ir yendo a casa.

Se despidieron de Ezra y Adrián tomó una mano de Helen y le dio un beso. Alyssa los acompañó hasta la puerta.

-Bueno te comprometo a encontrarnos con mis amigas en una reunión musical.- Dijo al joven.

-Ni sueñes que te lo voy a prestar.- Contestó la hermana.

-¿Qué fue esa reacción con Alyssa?-Preguntó Adrián cuando ya caminaban solos.

-No te voy a dejarte sólo en una reunión con tantas vaginas jóvenes excitadas. Justo a ti con lo que te gustan las negras.

Ahora fue el turno del hombre de reír.

-¡Qué poca confianza me tienes!

- Conozco a estas chicas. Y tú dime ¿De dónde sacaste ese beso tan barroco en la mano de mi madre?

-Realmente ni yo mismo lo sé. Ya te conté que en mi país besamos a las mujeres.

-Pues la habrás dejado bastante desorientada. Fue una buena reunión, estoy aliviada.

CAPITULO 9

-Seguramente es un ateo, o al menos un agnóstico.

-Pero Helen, tú has oído que ante tu pregunta se definió como cristiano.

-Pero también he oído que dejó a la iglesia católica y ahora no tiene denominación. Es seguro que no va a ninguna iglesia, que no tiene guía ni dirección.

Ezra se estaba enojando con su esposa.

-No todo el mundo necesita ni tiene guía externa, a muchos les basta su brújula interna.

-Así anda el mundo. Droga, violencia, sexo indiscriminado.

-Ni tu hija ni su novio están en esa categoría. Lo que dices es totalmente injusto. Además no sé qué parte de mi afirmación de que este muchacho ayudó a salvar a tu hijo no has entendido.

En ese momento se abrió la puerta de calle y se oyó una conversación en el vestíbulo.

-Es Alyssa. Parece que viene con alguien.

Efectivamente la muchacha apareció en la puerta, acompañada por un joven de gran estatura.

-¡Oh, no! No en este momento.- Susurró para sí mismo Ezra.

- Mamá, Papá, les presento a Ivan Stasevich.

-Hola Ivan.- Se adelantó Ezra estirando su mano, yo soy Ezra Moore y esta es mi mujer Helen.

Helen estaba pasando evidentemente por un trance muy amargo y miraba al suelo con gesto contenido. Alyssa se hallaba desconcertada e Ivan atinó a decir.

-Si es mal momento, yo...

-Para nada. Helen no se siente del todo bien, pero pasen a la sala. Alyssa, tú conduce a tu amigo. Ya nos unimos a Uds.

Ezra se volvió a su mujer con aspecto serio y le espetó.

-Nunca te perdonaré si haces un desaire semejante a tu hija. Me has entendido. Si quieres, vete a tu habitación, yo daré alguna excusa para tu ausencia.

El hombre entró decididamente a la sala y preguntó a su hija.

-Alyssa, ¿Has preguntado a tu amigo si quiere algo de beber?

-To...todavía no Papá.

-Donde están tus modales. Trae café para todos.

La conversación se encaminó rápidamente ya que los tres eran personas sociables.

-¿Es Ivan un nombre común en Rusia?

-Sí Sr. Moore, es más o menos tan común como John aquí.

-¿Dónde vives?

-Con mis padres en Brighton Beach, cerca de Coney Island, pero durante mis estudios en la Universidad alquilo un pequeño apartamento en Manhattan, junto con otros dos compañeros.

-¿Dónde eres nacido?

-En las afueras de Moscú. Mis padres vinieron cuando yo tenía un año.

-¿Qué estudias?

-Ingeniería mecánica.

-¿Y eres buen alumno?

Allí terció Alyssa.

-Ivan y yo nos conocemos de la escuela secundaria. Era el mejor alumno en nuestra promoción, Es muy inteligente.

Como cualquier padre de familia Ezra iba a continuar con su interrogatorio práctico con el fin de determinar con qué tipo de joven se hallaba liada su hija, pero en ese momento apareció Helen. Lucía demacrada y cabizbaja, y se sentó con los demás en silencio.

-Mamá, Ivan nos estaba por contar a que iglesia pertenece. ¿No es así?

-¿Eh!...Sí , sí. En mi familia somos cristianos ortodoxos.

- ¿Y concurren a su iglesia?- La muchacha miraba fijamente a Ivan.

-Sí, sí.-Respondió con seguridad.-Mi madre me llevaba de chico junto a mis hermanos y adquirí la costumbre.

"Dios misericordioso." Musitó Ezra mientras sentía que se desataba el nudo que se había formado en su estómago.

Luego de la reunión Ezra acompañó a los jóvenes, que habían anunciado que saldrían juntos.

- ¿Alyssa, a qué hora volverás?

- Antes de medianoche. Papá.

-Yo la traeré Sr. Moore. No se preocupe.- Agregó Ivan.

Al salir a la calle Ezra vio que todas las vecinas estaban observando sus actividades. Sabía que al minuto siguiente serían la comidilla del barrio. El corazón le dio un nuevo vuelco al ver que Alyssa e Ivan trepaban a una motocicleta de gran cilindrada que estaba en la vereda.

-¡Eh! Ivan.-Agregó Ezra inesperadamente.- Si vendes esa moto creo que con el dinero te puedes comprar un auto pequeño.

-¡Eh! Ah, sí, sí. Seguramente.

Ezra se preguntó a qué se debería la cara divertida de su hija.

Había ido a visitar a Shaletha en un momento en que sabía estaría sola. De toda su familia el mejor entendimiento lo tenía con su hija mayor y a ella podría confiar todas sus preocupaciones de padre.

-... lo que ocurre es que tu madre toma demasiado literalmente todos los sermones del reverendo Lewis.

-Papá, tú eres miembro de esa congregación también. ¿Porque no vas a hablar con el Pastor?

-No pretenderás que cambie los sermones por mis pedidos.

- No pero sí puede hablar con Mamá y aclararle algunos conceptos. Lewis no es un troglodita. Siempre los ha aconsejado bien y con realismo.

-Es una idea, veré que...

En ese momento entró Adrián al apartamento. Ezra tomó mentalmente nota de que el muchacho, a pesar de tener su propia vivienda alquilada en Queens, estaba pasando todos los días en casa de su hija.

-¿Cómo estás Adrián? Bueno, justo yo ya me estaba retirando.

-De ninguna manera Papá. Tú cenas con nosotros.

El Reverendo Lewis era un negro imponente en su atuendo eclesiástico los domingos, y también en su ropa de calle.

-¿Cómo estás Ezra? Hace tiempo que no te veo en el culto.

La reunión tuvo unos momentos de introducción, pero Lewis adivinó que algún propósito especial traía a Ezra Moore a su iglesia, de modo que lo urgió a explayarse.

-...me dices que Helen ha reaccionado mal frente a las amistades de sus hijas. La religión no tiene nada que ver con el racismo invertido. El domingo le pediré que se quede conmigo y hablaremos sobre el tema. Y dime ¿Qué sabes de Zion?

Ezra abrió su corazón y narró al pastor todo lo que sabía. Este meditó un instante.

-¿Recuerdas a Thomas Williams, el policía?

-Por supuesto. Fuimos juntos a la secundaria. Creo que estará retirado.

-No. No creo que le falte mucho para la pensión pero sigue en actividad. Es teniente y es el segundo a cargo del precinto correspondiente a esta zona. Es también miembro de mi congregación.- Hizo un momento de silencio.- El caso de los asesinatos en que estuvo involucrado Zion está en su precinto.

Ezra lo miró atentamente.

-¿Qué me está tratando de decir?

-Que hables con Thomas.

-Sr. Moore, el Teniente Williams lo atenderá ahora.

Ezra entró en el austero despacho de su amigo. Ambos hombres se abrazaron por un rato.

-¿Cuánto tiempo hace que no nos vemos, Ezra?

-Calculo que la última vez hará unos veinte años.

Luego de ciertos intercambios de información sobre amigos comunes, Williams decidió ir al grano y le dijo.

-Sé a qué vienes. El Reverendo Lewis me avisó de tu venida y me pidió que te ayudara, pero en realidad yo ya te estaba esperando.

-¿Cómo es eso?

-Es con relación al tiroteo de hace una semana. Los que murieron fueron Leroy White, amigo de tu hijo Zion y dos matones de una banda dueña de buena parte del tráfico de drogas en Harlem, uno de ellos de cierta importancia en esa banda. Al buscar a los amigos de Leroy de inmediato apareció el nombre de tu hijo, y cómo desapareció de los callejones en que habitualmente lo encuentra nuestra gente, no nos costó mucho realizar las deducciones. La hipótesis con que nos estamos moviendo es que esa banda había ordenado el asesinato de Zion y Leroy porque éstos estaban tratando de desplazarlos de algunos puestos importantes de distribución, y que tu hijo de alguna manera logró escapar. No me contestes si no quieres.

- Thomas, Zion disparó sólo en defensa propia y es un milagro que haya salido vivo porque no es un hombre de acción ni un tirador.

-Bien, no hables más para no incriminarte. Oye, imagino que ese hermano tuyo que era policía en Chicago...

-Gary, Indiana, cerca de Chicago. Su nombre es Jakob.

-...Bien, supongo que habrás recurrido a él para ayudar a tu hijo. Dile a Jakob que me llame a mi casa.-Williams escribió un número telefónico en un papel. Déjanos arreglarnos entre profesionales.

Ezra le agradeció y se estaba ya por retirar cuando una idea le vino a la cabeza.

-Dime ¿Podrías averiguarme algo sobre unas personas en Brighton Beach?

-¿No estarás en tratos con la mafia rusa?

-En realidad no lo sé. Mi hija menor se ha enamorado del hijo de un comerciante de ese barrio. Me gustaría saber quién es esa gente.

-Tengo que contactarme con nuestros colegas de Coney Island. ¿De quién se trata?

-El padre es un tal Yuri Stasevich, y el...amigo de Alyssa se llama Ivan.

-¿Te cuesta decir la palabra novio, cierto? Te entiendo, yo estoy pasando por lo mismo. Bien déjame unos días.

-¿Cómo podré agradecerte tu ayuda?

-En su momento le diremos a tu hijo que se entregue. Quiero que lo haga conmigo. ¿Vives siempre en la misma casa?

-Sí.

-Cuando Jakob te avise harás que Zion esté en tu casa. Yo iré a buscarlo personalmente.

CAPÍTULO 10

Al día siguiente Ezra Moore recibió un llamado de su hermano Jakob.

-¿Cómo se encuentra Zion?

-Mal pero mejorando. Lo hemos inscripto con un nombre falso en un programa de desintoxicación. Se trata de un proceso de largo plazo.

-¿Y él aceptó ir?

-Sí. Lo que ya en sí mismo es un progreso. Oye ya imaginas quién me llamó.

-Seguramente Tho...

-SShh. Sin nombres innecesarios. Estuvimos discutiendo la mejor estrategia para tu hijo.

-Te escucho.

-En un juicio por el presunto asesinato de los matones llevas las de ganar. Posiblemente lo condenen por eludir la justicia o cosas así, pero podrá posiblemente alegar defensa propia. Habrá una condena pero corta, excarcelable o no. Pero puede poner punto final al tema y dar vuelta su vida. Te oigo gemir. Viejo tonto. ¿Estás llorando?

-Sigue adelante.

-El tema a decidir es el momento adecuado para entregarse. Si lo hace ahora será llamado como testigo contra la banda rival, exponiéndose y exponiendo a Uds. que son su familia a amenazas y venganzas. Es posible que tuviera que ser enrolado en un programa de protección.

-Entiendo, sería un trastorno para él y todos nosotros. ¿Hay alguna otra posibilidad?

-Sí. Tu ex compañero de secundaria me adelantó que están muy cerca de condenar a esa banda sin depender del testimonio de tu hijo. Su juicio sería posterior e independiente y no estaría tan expuesto a represalias. Recomiendo seguir este curso de acción. Necesito tu aprobación porque Zion no está aún en condiciones de decidir por sí mismo con lucidez.

-Cuentas con mi consentimiento.

-¿No necesitas consultarlo primero con Helen?

-¡No! Con respecto a Zion su madre hasta ahora ha sido parte del problema. Yo tomo la responsabilidad en solitario.

Dos días más tarde Ezra recibió otra llamada, esta vez de Thomas Williams.

-Ezra, he obtenido datos sobre la gente de Brighton Beach que me habías solicitado.

-Te escucho.

-No hay información que conecte a Yuri Stasevich o a miembros de su familia directamente con actos delictivos violentos de la mafia rusa u otros orígenes.

-¿Hay un pero?

-Sí, este Stasevich es un poderoso comerciante y podría estar de alguna manera lavando dinero negro. No sé si es lo que quieres para Alyssa.

-Sin duda no. El muchacho Ivan es un estudiante y no vive en Brighton Beach al momento. Seguro que no está personalmente implicado en las actividades sucias que pueda tener su familia.

-¿Y qué harás?

-Tú también tienes dos hijas. Que **no** harías para conservar la felicidad de las muchachas. Ya pensaré en algo y te lo contaré.

-Sí, te aseguro que no me cuesta mucho ponerme en tus zapatos, aunque los problemas son otros. Avísame si necesitas algo más de mí.

-Otra cosa. Te adelanto que he aprobado el plan de delinearon tú y Jakob sobre Zion. Te agradezco tu participación también en ese tema.

Justo cuando cortó la comunicación con Williams entró Helen en la sala. Ezra se dijo a sí mismo.

"Vamos a afrontar todos los problemas a la vez. Voy a poner toda la carne en la parrilla."

-Helen, quisiera hablar contigo.

La empleada voluntaria de la parroquia entró en la reducida oficina del Reverendo Lewis.

-Helen Moore quiere hablar con Ud. Había hecho una cita.

-Sí, lo tengo muy presente. Hazla pasar.

Helen entró en la oficina un tanto cabizbaja. Lewis no tardó en percatarse de ello. En realidad ya sabía cuál era el tema y tenía meditadas algunas respuestas.

Helen expuso la situación familiar con la sinceridad con la que procedía en las escasas consultas pastorales.

-...y de repente mis dos hijas han...estado viendo hombres de fuera de la comunidad. Siento que estamos colaborando para disolver la familia negra en nuestro país.

La mujer siguió expresando sus temores y sentimientos, mientras el pastor reflexionaba por encararía un consejo que resultara realmente útil y oportuno para la atribulada mujer. Veinte años de relación con ella y su familia le guiarían a medida que comenzara a hablar. Cuando juzgó que Helen ya había expresado su temor Lewis decidió afrontar el tema sin eufemismos.

-Helen, tienes razón en que la preservación de la familia de color fue siempre el norte de nuestra congregación y lo sigue siendo. Pero los tiempos cambian. Cuando lo expresamos con esas palabras no había posibilidades de que nuestros hijos pudieran buscar la felicidad con parejas de otras razas, y que si algún blanco se aproximaba a una mujer negra era sólo para una relación efímera y la abandonaría para finalmente volver a su medio dejándola con el corazón destrozado.

Helen asintió al oír una vez más el razonamiento que le resultaba familiar. Lewis hizo una pausa estudiada para dar énfasis a sus próximas palabras.

-Bien Helen, esa situación ha cambiado radicalmente en los años corrientes. Nuestra iglesia viene siguiendo la evolución de las tendencias demográficas en nuestro país y en el mundo.- Nueva pausa para dar una cadencia adecuada a sus palabras. Prosiguió.

- Las estadísticas del país demuestran que los casamientos entre mujeres negras y hombres blancos constituyen el grupo de relaciones interraciales de mayor crecimiento y no son ya solo episodios aislados sino una tendencia definida.

Helen no esperaba oír al pastor decir esas palabras y se revolvió en su silla. Lewis percibió el gesto y lo interpretó, pero decidió seguir adelante.

-No sólo eso. Las mismas estadísticas demuestran que la tasa de divorcios entre esas parejas es menos de la mitad que entre los matrimonios entre blancos, y la cuarta parte de los divorcios entre hombres negros y mujeres blancas. ¿Entiendes lo que esas cifras significan?

Helen lo miró interrogativamente.

-Significa que esta tendencia abre nuevas puertas para nuestros jóvenes, que esas puertas pueden llevar a la felicidad y que debemos cambiar nuestros prejuicios si no queremos quedar fuera de la historia real con gente real y plantear conflictos innecesarios a nuestros jóvenes.

-¿Qué es lo importante entonces?-preguntó la consternada mujer.

-Que debemos cambiar algunos términos de nuestro objetivo. En vez de hablar de la protección de la familia negra deberemos hablar de la protección de la familia cristiana en general.

Al terminar la reunió con Lewis, Helen decidió volver a su casa caminando en vez de tomar el metro. Quería procesar lo que había oído y que le había chocado como un tren a toda velocidad. A medida que caminaba sintió que un nudo en su estómago se desataba y una luz débil interior adquiría brillo renovado. Quizás podría después de todo cumplir con su papel de madre sin antagonizar con los deseos de sus hijas.

Capítulo 11

Ezra había estado dándole vueltas a su aproximación al padre de Ivan. El objetivo lo tenía en claro pero no la forma de abordarlo. Le pediría una cita al tal Yuri y luego... ¿luego qué?

"Stasevich es ruso y yo americano; él es blanco y yo negro, es ortodoxo si es que realmente tiene religión y yo bautista, ha tenido probablemente algún cargo jerárquico en la ex Unión Soviética yo he peleado contra el comunismo. ¿Tenemos algo en común para usarlo como ancla y punto de referencia?... Claro, ambos somos comerciantes. Le hablaré como un comerciante a otro."

En ese momento entraron Alyssa e Ivan y Ezra se levantó y acercó a ellos. Luego de saludar se dirigió directamente al muchacho.

-Ivan, necesito el teléfono de tu padre.

El joven, un tanto sorprendido carraspeó y dijo.

-Por supuesto Sr. Moore. Se lo envío en un mensaje por *what's app*.

La que comenzó a reaccionar fue Alyssa que atinó a decir.

-Pero papá para qué...

En ese momento entró Helen en el apartamento aumentando la zozobra de Ezra por la presencia del joven ruso.

Helen levantó su cabeza, esbozó una inesperada sonrisa y dijo.

-Hola a todos. ¿Cómo estás Ivan?

Tras ello se dirigió a sus habitaciones dejando a todos perplejos.

-El Sr. Stasevich lo recibirá en unos minutos. Está terminando una conferencia telefónica. Dijo la secretaria con un fuerte acento eslavo. -¿Le ofrezco un café?

-No gracias, estoy bien.

Ezra tomó una de las revistas escritas en ruso que había en la mesita enfrente a él, pero casi inmediatamente se abrió la puerta de la oficina y surgió un hombre alto y corpulento de unos cincuenta y cinco años. El cabello rubio estaba parcialmente encanecido y tenía un fuerte parecido con su hijo, o más bien al revés.

-Sr. Moore. Adelante por favor.

Lego de una presentación formal e intrascendente Stasevich dijo sin ambages.

-Supongo que el tema que lo trae son las relaciones entre nuestros hijos. Déjeme preguntar si Ud. se opone a la misma, porque en ese caso no tendría que estar hablando conmigo.

Ezra no se amilanó por el modo directo del ruso; en realidad prefería entrar en tema cuanto antes.

-No, no me opongo de ninguna manera, no tendría razones para ello.

-¿Es su esposa la que se opone entonces?

Un sudor frío corrió por la espalda de Ezra. En realidad en ese momento, dados los últimos acontecimientos, ni siquiera sabía la respuesta. No cabía duda que el ruso tenía alguna información anterior de modo que ni siquiera servía jugar a las escondidas.

-Eso ha quedado superado. Tampoco es eso. Mi hija es una muchacha joven, muy bonita, muy inteligente como lo demuestran sus estudios pero no muy experta y es lógico que me ocupe de averiguar sobre sus relaciones.

El ruso asintió y respondió.

-La he visto fugazmente y en verdad es hermosa. Ivan es un muchacho muy atractivo también, y sumamente inteligente, en lo que sale a su madre. Sus calificaciones en el secundario y en la Universidad, como Ud. sabrá, están entre las mejores de su promoción.

Ezra se sintió tranquilizado, su estrategia comercial estaba funcionando efectivamente. Era una charla de dos negociantes en una especie de trueque, donde cada uno resaltaba las bondades de su producto. No quería pensar que ocurriría si Helen se enterara de esta conversación.

-...e Ivan es un candidato muy codiciado entre las mujeres de nuestra colectividad rusa, no sólo en Brighton Beach.

-...Alyssa puede elegir entre muchachos de cualquier raza. En el secundario todos los jóvenes blancos y negros estaban detrás de ella...

En un momento entró la secretaria con los cafés, los sirvió y se retiró.

-¿Qué es lo que realmente le preocupa, Sr. Moore?- Dijo el ruso, aprovechando la interrupción para ir al grano.

Ezra respondió con veracidad y candidez. Le preocupaba que su hija pudiera quedar enredada en actividades económicas poco claras. Temió que el haberse expresado tan crudamente podía ofender al ruso y abortar la negociación. Stasevich pensó un rato y finalmente contestó.

-Entiendo su temor. Le voy a comentar algo confidencial. El año pasado he confiado a mi hijo mayor un negocio totalmente legítimo recién establecido en San Francisco, y tengo planes para Ivan en un pequeño rancho que estoy comprando en estos momentos en Montana. Nuestro negocio en Brighton Beach es absolutamente legal, pero creo que en algún momento los jóvenes deben buscar nuevos aires.

La conversación duró otra media hora pero Ezra ya había logrado su propósito. Lo que lamentaba era que sólo podía compartir lo recién aprendido con Shaletha.

Cuando oyeron el ruido de llaves en el apartamento Ezra ya se estaba retirando; supusieron que era sin duda Adrián regresando de su trabajo. Inesperadamente Shaletha le plantó un beso en la frente.

-¿Qué hice para merecer esto?

-¡Es por todo lo que has hecho por tus hijos! Éste es mi padre que ha vuelto.

Ezra saludó a Adrián y se retiró. Al entrar el muchacho en el apartamento Shaletha expresó.

-Antes que me olvide, Arionna nos ha invitado a cenar el viernes a su casa.

La noticia agradó al joven. Shaletha y él tenían poca vida social y Arionna y Kevin eran dos personas que le caían simpáticas

-No los vemos desde que comunicó el embarazo. ¿No debiéramos invitarlos nosotros a ellos alguna vez?

-De acuerdo, vamos a pensar una fecha en los próximos días. Ven, quiero conversar un tema contigo.

Ambos se sentaron en los sillones de la sala.

-Quiero que te mudes a este apartamento conmigo.- Dijo la mujer sin introducción.- No tiene sentido estar pagando dos rentas y duplicar otro gastos. La última vez que estuviste en tu casa fue hace más de una semana. Nuestra relación es conocida por todos los que nos importan y por mis vecinos.

-O sea que me lo pides solamente por razones financieras y sociales.- Contestó Adrián con fingido enojo.

Shaletha se sentó sobre las piernas de él haciendo rodar su falda a un costado y exhibiendo sus piernas.

- Sí. Solamente por eso.

-Bueno. Voy a pensarlo.-Dijo el hombre introduciendo su mano derecha entre los muslos de ella.-Tendrás que hacer algo convencerme.

-Déjame pensar que puedo hacer.

Arionna sirvió el té. El embarazo aún no se notaba pero se movía con más precaución que antes. Shaletha hablaba con un cierto orgullo de todas las andanzas de su padre para atender las necesidades de sus hijos. A pedido de su amiga estaba haciendo una descripción de Iván. Shaletha estaba relatando los estudios del joven, pero Arionna sacudió la cabeza.

-Todo eso no me interesa. Dices que es alto y apuesto. ¿De qué color tiene los ojos?

-Bien, en realidad no me fijé.

-Pamplinas. Dices eso para no despertar celos de Adrián.-Luego agregó dirigiéndose a éste.

-Hay tres cosas que una mujer siempre mira: los ojos del hombre y el peinado y los zapatos de las otras mujeres. Los zapatos tienen prioridad.

Kevin soltó una carcajada ante la ocurrencia de su esposa. Ésta se volvió nuevamente hacia Adrián y le preguntó.

-¿Y qué es lo que los hombres observan primero de la mujer? ¿Qué es lo que observas tú?

El aludido se revolvió un poco incómodo en su silla.

-¿Yo? Eh, bien, no sé... quizás los ojos o la sonrisa.

-¡Esas también son pamplinas!- Estalló Shaletha.-Cuando lo conocí en la cafetería lo sorprendí por el espejo mirándome el trasero.

Nueva carcajada de Kevin, quién agregó.

-Serán los genes italianos. Son conocidos por esa preferencia.

-Nadie puede criticarlo por mirar tu trasero.-Completó Arionna.-No suele pasar desapercibido.

- Ahora que lo pienso. ¿Quién sabe cómo habría sido mi historia sin él?

-¿Sin tu trasero? No habría historia.

-Sin ese espejo. Lo digo en serio.

La pregunta retórica quedó sin contestar.

-Cambiando el tema, les anuncio que Adrián vendrá a vivir a mi apartamento, de modo que le tendremos en Brooklyn Heights en forma permanente.

-Esa es una noticia maravillosa; me alegro por ti. Al fin podrás tenerlo todo el tiempo.

-Bueno, eso suena un poco posesivo. En realidad ya Adrián va poco a su apartamento y está la mayor parte del tiempo en mi casa.

-Excusas. Por supuesto que debes ser posesiva con tu hombre. Escucha, estábamos hablando con Kevin de volver a invitarlos a casa. ¿Qué te parece una vez que él se haya mudado?

-Lo tiene previsto para el sábado a la mañana.

-Entonces los invitamos a cenar ese mismo día.

Las mujeres estaban haciendo preparativos en la cocina y Kevin y Adrián se hallaban en la sala con un whisky cada uno. El dueño de casa había hecho una observación fortuita mientras el muchacho estaba con la mirada perdida sin responder.

-¿Qué opinas?-Reiteró Kevin. Su interlocutor tuvo un ligero sobresalto al conectar de nuevo con la realidad.

-Disculpa Kevin. No oí lo que me dijiste. ¿Puedes repetirlo por favor?

En vez de hacer lo que el muchacho pedía Kevin meditó un instante. Finalmente su rostro demostró que había tomado una decisión. Su larga experiencia como docente al frente de un aula le indicaba que el joven, habitualmente atento y rápido en sus respuestas, tenía algo que le preocupaba; como había también observado las charlas entre Shaletha y Adrián intuía que no era un problema de pareja de modo que se atrevió a encararlo.

-Adrián, sé que hay algún problema que te está corroyendo, y creo que soy lo más cercano que tienes a un amigo en este país. Si necesitas y quieres descargarte con alguien éste es el momento y yo soy la persona.

El muchacho lo observó fijamente, como si estuviera también él procesando una decisión. Tomó un largo trago de su whisky, sin duda para animarse y comenzó su relato.

-Tú sabes que soy un inmigrante ilegal, pues el término de mi visa está vencido hace seis meses y por lo tanto estoy trabajando en forma precaria.-Hizo un respiro y tomó otro sorbo.

-La gente para la que trabajo está siendo presionada para legalizar toda su planta de personal y mi jefe, que es también mi amigo, ya que previno que no podrán conservarme en su nómina.

-¿A menos que regularices tu situación?

-Así es.

La conversación se extendió sobre las detalles del caso guiado por las preguntas de Kevin. Finalmente éste preguntó.

-¿Lo has hablado con Shaletha?

-Aún no. Sé que me va a decir.

-¿Qué piensas que te va a decir?

-Que no me preocupe, ya que ella gana lo suficiente para mantenernos a los dos. Pero como te darás cuenta que es una situación que no estoy dispuesto a permitir. No soy un mantenido ni un parásito.

-Bien.- Reflexionó Kevin.-No lo hables todavía con ella. Sabes que Arionna es abogada, y se ocupa entre otras cosas de situaciones de este tipo. Ha ayudado a mucha gente antes y ciertamente lo hará contigo, que eres el novio de su mejor amiga.

Kevin se levantó y volvió a llenar los vasos.

-Yo te llamo para que nos vengas a ver a casa en un par de días. Te repito que aún no hables de esto con Shaletha. Es una persona sensible y va a sufrir si no tienes una solución a la vista.

Arionna se sentó frente a Adrián mientras su marido observaba la escena. El gesto habitualmente festivo de la mujer se había transformado en un semblante profesional.

-Adrián, voy a hacerte una serie de preguntas y necesito que me respondas con exactitud, porque los detalles son importantes.

-Comprendo.

-¿Trajiste tu pasaporte?

El muchacho se lo extendió sin responder. Arionna recorrió las páginas también en silencio. Finalmente dijo.

-La primera buena noticia es que has entrado al país legalmente, o sea que un funcionario de Migraciones te ha sellado el pasaporte al entrar en el Aeropuerto J.F.Kennedy. Si hubieras entrado en el baúl de un auto o de alguna otra forma ilegal el tema sería más complicado.

La mujer miró a su marido y luego a Adrián en los ojos. Le dijo.

-Tienes la solución al alcance de tu mano.

-¿Qué quieres decir?

-Puedes conseguir regularizar tu situación y obtener tu tarjeta verde de residencia permanente casándote con una ciudadana americana.

Kevin estaba mirando atentamente al rostro del joven para ver su reacción. Lo que observó fue un aflojamiento de ciertos músculos faciales, en una evidente muestra de alivio. Sarcásticamente preguntó.

-¿Tienes alguna mujer que haría el sacrificio de casarse contigo?

Adrián pareció desconcertado por un instante pero luego sonrió y contestó.

-No lo sé. Tendré que salir y preguntar por allí.

-Para todo el trámite necesitas un abogado.-Agregó Arionna con un fingido gesto hostil.-Si haces eso buscaré que les apliquen la pena capital a ambos.- Luego mirando a su esposo añadió.- A ti por instigador y autor intelectual del delito. Así que prepárate para la aguja.

-Por favor, volvamos a la seriedad.- Pidió Adrián en tono de ruego.

-Entonces saco la conclusión de que estás dispuesto a casarte.-Preguntó Arionna.

-Sí, sí.

-¿Con Shaletha?

-Por supuesto.

-Ahora debes preguntarle a ella si quiere casarse contigo.- Dijo la mujer.-...no, no lo des por seguro. Yo hablaré con ella para que ponga sus condiciones. Es su oportunidad de exprimirte completamente.

-¿Más de lo que lo hace?-Preguntó quejumbrosamente el joven.

-Siempre se puede exprimir un poco más el limón.

Kevin cambió el tono de broma y preguntó a su mujer.

-¿Porque no nos cuentas como sería el procedimiento?

-Adrián ha excedido el plazo de su visa, pero eso tiene arreglo en un trámite que he llevado a cabo numerosas veces. Puede presentar ambos formularios simultáneamente, es decir el de casamiento y la solicitud de residencia. Veo que no has salido de los Estados Unidos desde que entraste.

-Así es.

-Es esencial que no salgas hasta que tengas todos tus papeles en orden, de lo contrario no podrás volver a entrar. Debes hacerte representar por un abogado.

-¿Conoces alguno bueno?-Requirió Kevin recuperando en tono irónico.

-Debemos alegar, es decir Shaletha debe alegar, que tu alejamiento y salida del país le produciría dolor y dificultades.

La conversación derivó entonces a temas relacionados con formularios a llenar y procedimientos legales. A las nueve de la noche Adrián se despidió con un plan más o menos elaborado. Se dirigió rápidamente a casa de Shaletha, distante unas tres cuadras.

Al abrir la puerta la mujer, un tanto alterada le regañó.

-¿Me quieres decir de dónde vienes? Es tardísimo y no sabía que pensar. ¿No podría haberme llamado antes?

Por toda respuesta a la catarata de preguntas Adrián la levantó del suelo sosteniéndola por los muslos y le preguntó.

-¿No te quieres casar conmigo?

Capítulo 12

El vuelo de Buenos Aires llegó con quince minutos de anticipación. Adrián sintió que el estómago se le encogía por la tensión nerviosa. A su lado Shaletha le miraba el rostro, haciéndose cargo del estado emocional de su novio. Los pasajeros que no habían despachado equipaje en la bodega del avión comenzaron a emerger de las puertas corredizas. El muchacho apretó la mano de ella para aliviar un poco la ansiedad. Finalmente exclamó.

-¡Allí están! Son ellos, detrás de la familia de chinos. Cuando los viajeros salieron al amplio vestíbulo Adrián soltó la mano que estaba apretando y corrió hacia los que llegaban. Shaletha observó conmovida la inesperada escena. Los cuatro se habían abrazado en una larga unión sin palabras. Los ojos del hombre alto se veían húmedos aún a la distancia mientras la mujer apretaba a su hijo con sus ojos arrasados en lágrimas. El muchacho pelirrojo estaba con su cara demudada por la emoción. Sin duda ninguno de los cuatro estaba preparado y los sentimientos se habían desbordado. Lo que más impresionó a Shaletha fue ver al habitualmente impasible Adrián llorando sin poder controlarse por el reencuentro con su familia. Según los cálculos de la mujer, el joven no los veía desde hacía un par de años, incluyendo el tiempo que había pasado en Caracas. Finalmente el hombre alto hizo un gesto interrogativo en dirección de Shaletha, sin duda preguntando si era ella a quien su hijo debía presentar. Adrián tomó la valija de su madre y se acercó a su novia. Shaletha no pudo sustraerse a la emoción del momento y sintió que sus ojos también se humedecían.

-Mi novia Shaletha. Ellos son mis padres Sebastián y Teresa, y éste es mi hermano menor Federico.

Teresa se alzó un poco para poder besar a Shaletha en la mejilla, lo que no tomó a ésta de sorpresa pues ya estaba al tanto de las costumbres de los compatriotas de su novio.

Sebastián extendió su mano y se presentó en castellano muy formalmente.

-Sebastián Bianchi. Mucho gusto.

Federico no sabía a cuál de sus padres imitar de modo que Shaletha tomó la iniciativa y lo besó también en la mejilla.

-¡Que caballero más apuesto! ¿Cuántos años tienes?

-Catorce.- Contestó el chico en inglés.

La mayor parte de la conversación hasta llegar al aparcamiento del aeropuerto fue en español, ya que eran temas relativos al viaje. Shaletha observaba en silencio, absorbiendo percepciones y sentimientos. Sebastián Bianchi era un hombre alto y delgado, y sin duda su hijo había sacado su físico y color de ojos; su piel estaba curtida por el sol y los elementos y evidenciaba una vida pasada al aire libre; sus modales eran medidos y su conversación escueta; Shaletha adivinaba en él a un granjero, sea de Argentina o Estados Unidos.

Teresa era más baja y robusta y su cabello era rojizo, rasgo que habían heredado sus hijos. Hablaba permanentemente sin duda inquiriendo datos sobre la vida de su hijo. Finalmente hizo un comentario con el fin de que Adrián lo tradujera.

-Mi madre te cuenta que también tengo una hermana, llamada Beatriz, que no pudo venir porque está casada y tiene tres hijos, uno de ellos de un año y los otros dos en edad escolar.

Mientras Shaletha miraba la escena y escuchaba las conversaciones cruzadas entre los componentes de la familia, aunque sin comprender casi nada de lo hablado, sintió que la invadía una sensación de ternura y orgullo por lo que pronto se convertiría en su familia. Jamás había tenido ese tipo de sentimientos por personas blancas, y se dio cuenta de que ciertas barreras aun existentes en su interior de las que no era consciente comenzaban a disolverse. Hasta el momento su relación había sido personal y sentimental con Adrián, al que la unía el amor, pero ahora comenzaba a correrse el velo de lo que estaba detrás de su hombre, empezando por su familia. De pronto volvió a la realidad al percibir que Adrián le hablaba.

-Sí, perdona ¿Qué decías?

-Mi madre me felicita por haber encontrado una mujer tan bella.

No era el primer elogio que Shaletha recibía, en realidad los recibía todo el tiempo. Pero este le pareció especialmente significativo y de buen augurio.

Adrián había hecho reservaciones para su familia en un hotel en Brooklyn Heights, cercano al apartamento de Shaletha. La proximidad era importante dado que los Bianchi hablaban poco inglés y estaban poco habituados a salir de su granja, de su pueblo y de su país.

Esa noche Shaletha organizó una cena en su casa a la cual invitó no sólo a los padres de Adrián sino también a Arionna y Kevin. Este último hablaba español aprendido en su niñez, y practicado en un año sabático que había transcurrido en Costa Rica.

-Yo mismo no creía que fuera a recordar tanto.-Confesó satisfecho luego de un rato.-Los idiomas retornan a tu cabeza cuando los necesitas.- Este hecho quitó de las espaldas de Adrián la carga de ser el único traductor de todo lo que se hablaba en la reunión.

La charla de los asistentes con Sebastián Bianchi derivó naturalmente hacia su condición de agricultor.

-¿Qué extensión de tierras tienen Uds.?

-Cuatrocientas hectáreas, es decir unos mil acres.

-¿Y están bien situados?

-En Hughes, Provincia de Santa Fe.

-Es en el corazón de la *pampa húmeda.*- Aclaró Adrián.- Algo equivalente al *corn belt* en los Estados Unidos.

-Es decir, entre las mejores tierras del mundo.

Sebastián continuó respondiendo orgullosamente a las preguntas de Kevin sobre los métodos utilizados en su granja. Finalmente el último dijo.

-Veo que están muy actualizados. La labranza cero es el método recomendado para evitar la erosión de los campos y mantener su productividad y lo mismo puede decirse de la rotación de cultivos que practican.

-¿Y de dónde sabes tú todo eso?- Preguntó Arionna.

-No olvides que mi tesis de doctorado fue sobre el tema del impacto de las técnicas agrícolas en el desarrollo de las civilizaciones. Desde entonces me mantengo informado, aunque lógicamente más sobre el aspecto histórico que en el técnico.

La conversación se centró luego en los estudios de Federico.

-Estudio en una escuela técnica agraria de una localidad cercana.- Informó el muchacho.

Luego de una hora de charla Arionna, cuyo embarazo era ya perceptible en el quinto mes, dijo.

-Si no les molesta quisiera retirarme, tuve un día de trabajo intenso y estoy un poco molesta.

-Bien.- Contestó Shaletha. Pero los comprometo para pasado mañana que es sábado. Vamos a visitar a mis padres y me encantaría que Uds. estuvieran presentes.

-Bueno.- Exclamó Arionna con su natural aire crítico.- Parece que finalmente vamos a conocer a los padres de nuestra mejor amiga. Aunque viven en Harlem a unas pocas estaciones de metro los conoceremos al mismo tiempo que los padres de Adrián que vienen de miles y miles de kilómetros.

-*Touchè*.-Respondió Shaletha.

-En español decimos “mejor tarde que nunca”.-Agregó Adrián que se había unido a la conversación.

Los cinco viajaron un poco apretados en el viejo Toyota prestado por el compañero de trabajo de Adrián, quien conducía. Los Bianchi contemplaban absortos el colorido espectáculo del Harlem a esa hora. En un momento el conductor anunció.

-Hemos llegado. Es esa casa. Uds. bajen aquí y Shaletha los guiará. Yo mientras tanto intentaré encontrar un sitio para aparcar. Arionna y Kevin llegarán en cualquier momento.

Shaletha apenas podía contener la ansiedad por ver como se desarrollaba el encuentro entre su propia familia y su familia política. La tensión natural que es de esperar en toda mujer en un encuentro de esa naturaleza se incrementaba por proceder ambas familias de universos tan distintos, separados por muchos miles de kilómetros, idiomas diferentes, procedencias étnicas diversas, pautas culturales tan alejadas como las que podían existir entre citadinos del barrio negro de Nueva York y habitantes de un pequeño pueblo rural en Argentina. Aún las creencias religiosas divergían, pues los Moore eran un baluarte de la Iglesia Bautista de su barrio, mientras que Adrián ya había anticipado que su familia estaba compuesta por agnósticos a partir de la lejana llegada de su bisabuelo socialista del Norte de Italia. Este tema podía ser un foco de conflicto en sí mismo, por lo que Shaletha había solicitado a su padre evitarlo, confiando en su habitual discreción y manejo situacional.

Los Moore habían acondicionado la casa para recibir a sus huéspedes en forma digna, y los argentinos, contra el consejo de Adrián, se habían vestido con las ropas que habían traído para la ceremonia de casamiento.

Shaletha comenzó a realizar las presentaciones tratando de vencer las barreras idiomáticas cuando sonó nuevamente la campana de la puerta y aparecieron Arionna, cuyo vientre crecía día a día, y Kevin, quien se hizo cargo de las traducciones, aunque ellos mismos eran desconocidos hasta ese momento para los dueños de casa.

Cuando llegó Adrián, que había podido finalmente aparcar a cuatro cuadras de la casa luego de dar numerosas vueltas, ya estaban todos sentados en torno a sendas tazas de café y se perdió por lo tanto el impacto del primer momento de encuentro. Desde el vestíbulo pudo apreciar que la atmósfera era relajada y apacible, lo que le hizo exhalar un suspiro de alivio también a él.

Durante un buen rato la charla se centró en la infancia y adolescencia de Shaletha y Adrián, alimentada por el interés de ambas madres, las que habían sometido a Kevin al rol de intérprete ante la atenta presencia de Arionna, que se había auto-impuesto el papel de sortear cualquier rasgo conflictivo potencial. Ezra invitó a los hombres a contemplar su colección de monedas antiguas, de la que estaba muy orgulloso. Adrián desconocía la afición numismática de su futuro suegro lo que le indicó lo mucho que le faltaba conocer de sus futuros familiares. Por esa razón decidió volver a la reunión entre su madre y Helen, pues pensó que allí podría aprender muchos detalles por él ignorados de la vida de Shaletha.

En un momento se oyó una algarabía en la puerta de entrada, que Adrián sabía que preanunciaba la llegada de Alyssa, la hermana menor de Shaletha. Efectivamente apareció la muchacha rodeada de varias amigas de su misma edad, amigas del vecindario y del colegio. Tan pronto ingresaron en la sala las miradas de las muchachas se posaron sobre Federico, quien hasta el momento había estado en silencio en un rincón de la casa, ajeno a los temas que se conversaban. Alyssa hizo una señal no demasiado disimulada a su hermana para que procediera a presentar al muchacho. Como resultado Federico se unió al conjunto juvenil y prontamente todos ellos salieron de la casa. Teresa Bianchi lo siguió con mirada aprensiva por la ventana de la sala que daba a la calle lo que motivó que su esposo le preguntara.

-¿Qué te pasa, mujer?

-Es por Federico. Míralo.-Y señaló la cabeza de su hijo como un punto de color rojo entre todas las chicas que lo rodeaban.-Tiene sólo catorce años.

-¿Y qué hay con ello? Las chicas que lo rodean también son jóvenes.

-Pero son chicas de ciudad, muy avispadas. Federico apenas ha salido de Hughes.

-Buena oportunidad para que abra los ojos. Lo que ha sido bueno para Adrián no será malo para Federico.

Teresa sacudió la cabeza como para espantar todas las ideas que le venían en mente. De pronto surgió Arionna de la nada, le tomó por el brazo y le comenzó a hablar muy despacio cosas en inglés que Teresa sólo entendía a medias pero tuvieron la virtud de serenar su ánimo. Entendiendo la situación y el propósito de la acción, la argentina le dedicó una de sus sonrisas francas.

-Así que es de ti de quien Adrián heredó sus sonrisas seductoras.- Dijo Arionna en la esperanza de que la otra comprendiera.- Habrá roto corazones allá en tu pueblo.

Capítulo 13

Los preparativos de la boda habían sido extremadamente nerviosos y habían estado al borde del naufragio más de una vez, al menos en la percepción de Shaletha, que había tomado en sus manos el tema. En efecto, las insinuaciones de algunas amigas de su trabajo de dejar todo en manos de organizadores de bodas habían tropezado con su rotunda respuesta.

- Cobran fortunas por lo poco que hacen, y en definitiva yo tendría que tomar todas las decisiones, sobre todo con mi personalidad y mi profesión. ¡No! Tengo mejores usos para el dinero.

Los que la conocían no tenían más remedio que reconocer lo acertado de esas palabras.

Una de las tareas que Shaletha había delegado fue la selección de la iglesia en que se iba a realizar la ceremonia, la que había puesto en manos de Arionna, que ya tenía sus ideas al respecto. La mujer era miembro de una Iglesia Presbiteriana en Brooklyn Heights, que se definía a sí misma como una "comunidad cristiana inclusiva y diversa", lo cual según Arionna respondía a la perfección a las características de la pareja. También Kevin, que en realidad estaba unido a la parroquia a través de los festivales musicales más que de la teología, compartía las preferencias de su mujer.

Todos los preparativos los mantuvo Shaletha en secreto, para beneplácito de Adrián, a quien no interesaban demasiado. En el período previo el joven se ocupó de hacer conocer la ciudad a sus padres y hermano, con quienes inclusive viajó un fin de semana completo a Washington DC en un auto alquilado.

El día de la ceremonia finalmente apareció la novia junto con los padrinos y se encontraron con Adrián y su familia en la puerta de la iglesia. La mujer lucía resplandeciente en su vestido largo y sencillo. El peinado Afro exhibía una cantidad de cabello que Adrián nunca había creído que ella tuviera. El contraste entre el vestido blanco y su piel morena era simplemente deslumbrante. Un collar magnífico lucía en su cuello completando el atuendo con la emisión de mil destellos al reflejar la luz. El joven se quedó momentáneamente con la boca abierta y sin control de sus actos. Su padre le tocó ligeramente el brazo para que reaccionara y al volver en sí oyó a su madre exclamar.

-¡Dios mío! Es verdaderamente hermosa.

Shaletha entendió lo suficiente lo que produjo uno de sus habituales sonrojos.

Sebastián y Adrián Bianchi habían alquilado sendos smokings para la ocasión y era evidente que no se hallaban cómodos en sus atuendos, sobre todo el primero. Teresa y Federico estaban sobriamente vestidos y resultaban un poco formales.

La familia Moore en pleno se hallaba en la iglesia, así como numerosos de sus vecinos de toda la vida y varios compañeros de trabajo de Adrián. En un momento Shaletha vio a un hombre acercarse a ella en una actitud un tanto furtiva, y grande fue su emoción al reconocer a su hermano Zión, quien había regresado a Nueva York corriendo riesgos para su vida. Los dos hermanos se estrecharon en un emocionado abrazo sin palabras y pleno de lágrimas.

-¿Cómo es que has venido?-Dijo Shaletha entre sollozos.

-No podía perdérmelo, hermanita, por ninguna razón del mundo.

Ezra se acercó y abrazó a sus hijos. Agregó.

-Zión estará presente sólo en la ceremonia religiosa. No puede regresar a Harlem por razones que tú entenderás.

-¿Y nunca podrá regresar a su casa y su barrio?

-Eventualmente, pero no aun.

En el momento en que Shaletha estaba por entrar en el templo Arionna se paró frente a ella y le dijo.

-Espera, sé que tienes algo nuevo ya que tu vestido lo es. ¿Estás usando algo viejo?

-Sí, este collar era de mi abuela materna y mi madre me lo ha regalado.

-¿Tienes algo azul y algo prestado?

-En realidad, no.

-Toma este chal azul. No desentona mucho con tu vestido. Me lo devolverás luego de la ceremonia.

-¿De qué están hablando?-Preguntó intrigado Adrián.

-Son viejas tradiciones norteamericanas.-Se apresuró a contestar Alyssa, visiblemente emocionada.- Se supone que si la novia usa en el día de la boda de algo nuevo, algo viejo, algo prestado y algo azul traerá suerte a la pareja en su vida conyugal.

-¿Y el novio no debe usar algo también?-Preguntó el muchacho.

-El novio no pinta nada aquí.- Respondió crudamente Arionna.- Es sólo un elemento más sin el cual no habría boda.

Tras la ceremonia religiosa, llevada a cabo por una pastora, los concurrentes se dirigieron a un local en Harlem que Ezra Moore había alquilado para la fiesta. Era evidente que no había escatimado en gastos; el sitio estaba decorado en forma fastuosa; los Moore eran gente conocida en la zona y Ezra entregaría a su hija mayor en forma inolvidable.

Los padres de Adrián encontraron inmediatamente interlocutores con quien conversar en español entre los compañeros de trabajo de su hijo, en su mayoría personas de la comunidad portorriqueña de Nueva York. Federico volvió a verse rodeado por las chicas y se perdió de vista entre la multitud tan pronto comenzaron a bailar; su madre se limitó a controlar que no estuviera bebiendo alcohol cada vez que lo veía, lo que no era muy frecuente. Adrián recibió infinidad de bromas de sus compañeros por la belleza deslumbrante de su novia, que no era conocida por la mayoría de aquellos. Alyssa había venido acompañada por su amigo ruso y se habían convertido en otro foco de interés de los concurrentes.

Desde una ventana la calle una figura cubierta por un largo saco con la capucha echada sobre los ojos observaba los acontecimientos de la fiesta. Un gemido surgió del pecho de Zión Moore al constatar el precio que debía pagar por todos sus errores de juventud.

Cansada de bailar con su ahora marido y con casi todos los concurrentes masculinos, Shaletha se sentó casi desmayada en un sillón. Al lado de ella se encontraba una mujer latina de piel negra, una de los compañeros de tareas de Adrián, aunque de inmediato aclaró que no tenían una relación cercana. La mujer, llamada Rosa, se hallaba con una copa en la mano a la que sin duda habían precedido otras. Su humor era excelente y el alcohol no inhibía la coherencia de su conversación, al menos totalmente.

-Querida.-Dijo a la novia.-Eres todo lo bella que una novia puede ser. Y no lo digo como un cumplido; ya te verás a ti misma en todas las fotos que te han sacado. Tu vestido de novia es espléndido.

Shaletha aclaró que su profesión era precisamente diseñadora de modas, y que tenía amplia experiencia en trajes de novia.

-Pues si es así debes ser muy buena en tu trabajo.

Las dos mujeres congeniaron desde el principio y pasaron un largo rato conversando. Rosa comentó que estaba entre dos romances y que se había separado de su último amigo una semana antes.

-Incluso tuve un novio argentino. Fue un *affaire* que duró casi un año. Uno de los más largos que tuve, y durante un tiempo estuve enamorada de Gastón.

Rosa contó en forma chispeante capítulos de su relación, desinhibida en parte por el alcohol.

-... ¿Sabes? Son bastante distintos al resto de los latinos. Orgullosos y hasta a veces arrogantes, pero por otro lado generosos como amantes, quizás por la mezcla italiana. Debes saber que ninguno olvida su país aunque protesten todo el tiempo contra él. El país y la familia lo llevan en la sangre, aunque más no sea para sufrir. Si quieres retenerlo nunca luches contra estas cosas...aunque con tu rostro y tu trasero, no creo que corras peligro.-Rosa estalló en una carcajada contagiosa. Shaletha recordó la escena del espejo en la cafetería el día que conoció a Adrián;

estimulada su curiosidad y también vencidas ciertas resistencias por el alcohol acotó.

-Les gustarán los traseros como a todos los hombres.

-Sí, pero estos...otra vez los genes italianos. –La charla se iba haciendo más dispersa con los sucesivos tragos.

-¡Ah! Escucha, otro tema es lo que llaman futbol...tú sabes, el *soccer*. Son capaces de olvidar a su mujer por un partido. La mayoría son fanáticos de dos clubs...

La noche terminó con una nueva ronda de bailes. Dentro de su alegría etílica Shaletha observó el rostro de su padre. No recordaba haberlo visto jamás con los ojos brillantes de felicidad como esa noche. Luego su mirada se dirigieron a su madre; su gesto habitualmente adusto y tenso se había relajado y sonreía a sus interlocutores.

-Bueno Shaletha.-Se dijo.- Hoy has hecho algo bueno por los tuyos.

En cierto momento la novia vio a su amiga Arionna sola y sentada. Dado su embarazo avanzado no había bebido ni una gota de alcohol. Kevin estaba cumpliendo sus habituales funciones de fotógrafo y su mujer tenía un gesto aburrido. Sus ojos se alegraron al ver a Shaletha, quien sin embargo no le dirigió la palabra y se limitó a acariciarle el vientre y sonreírle. Las dos amigas cruzaron una serie de mensajes cifrados en la mirada.

Esa noche Sebastián Bianchi debió hacerse cargo de conducir hasta Brooklyn Heights, pues era el único en estado de sobriedad.

-Espero que mi licencia de conducir argentina sea válida aquí.

-Pero papá, no estás acostumbrado en manejar en Nueva York.

-Este auto es un Toyota, lo mismo que mi camioneta.

-Pero estos no son caminos rurales.

-Cada tanto voy manejando a Rosario y Buenos Aires.

Adrián se resignó ante la tozudez de su padre y cayó casi de inmediato dormido. Shaletha había reposado su cabeza en su hombro y dormía también. Federico, aunque no había bebido alcohol, cayó exhausto tras una noche de baile y excitaciones. Solamente Teresa permaneció en vela junto a su marido, mientras repasaba todo el fárrago de experiencias vividas desde su llegada a Nueva York y en particular en el casamiento de su hijo.

Cuando Sebastián los dejó frente a su edificio y estacionó en la esquina, Shaletha y Adrián se despertaron pero se hallaban aún bajo los efectos de lo bebido. Tras entrar ruidosamente en el apartamento, la mujer declaró no hallarse en condiciones de quitarse el complicado vestido por sus propios medios y pidió a su marido que la ayudara.

Mientras él desabrochaba los ganchos de la espalda Shaletha le preguntó.

-¿Dime, tú eres fanático de Boca Juniors o de River Plate?

La pregunta sobre equipos de futbol argentinos desconcertó un tanto a Adrián, que jamás había hablado del tema con ella, por lo que presumió que su mujer había bebido más de lo que suponía.

-De ninguno de los dos. Soy de Racing Club, pero no soy muy fanático.

-¿Racing? ¿Qué es eso?

-Otro equipo. ¿Pero dime de dónde has sacado ese tema?

-Si alguna vez me dejas por ése Racing te mato.-El acento sonaba poco sobrio.

-Hay, mi Dios. Ya veo que Rosa te ha estado llenando la cabeza. Debes saber que ella ha tenido un novio argentino, el que tuvo que dejarla por el apetito sexual insaciable de ella. El pobre Gastón llegaba todas las mañanas a la oficina totalmente exhausto; lo estaba consumiendo de a poco.

En ese momento el hombre consiguió desabrochar totalmente el vestido y ayudó a su mujer a quitárselo. Tras ello la abrazó, la besó en la boca recibiendo su hálito etílico y deslizó sus manos desde el talle de ella hasta los glúteos que recorrió apretándolos.

-Saca tus manos de mi trasero. No soy un trozo de carne.

-¡Maldita Rosa! ¿Que más te ha metido en la cabeza?

Adrián la levantó y colocó sobre la cama. Si tenía algún propósito en mente lo tuvo que dejar a un lado pues al llegar al lecho Shaletha estaba profundamente dormida y roncando ligeramente.

Adrián sintió que su mujer le pellizcaba el brazo. A continuación de alguna región remota le llegó vagamente su voz; hacía apenas cinco minutos que se había dormido, o al menos así le parecía a él.

-¿Cómo? ¿Qué dices?

-Necesito que me hagas el amor ahora.

-¿Necesitas? Hace cinco minutos no querías que te tocara el trasero, y ahora...

-Es mi noche de bodas, y es mi derecho y tu obligación.

-Es que voy a quedarme dormido encima de ti.

-Yo te mantendré despierto el tiempo que haga falta.

Luego de llegar a un profundo orgasmo, Shaletha apartó el cuerpo de su marido, que efectivamente quedó dormido de inmediato; el hombre había cumplido su cometido. Ella había soñado que esa era la noche en que su vida iba a completar la única función que aún no había llevado a cabo y que todo su ser ansiaba. Acababa de hacer lo necesario para lograrlo con el hombre que hacía tiempo había elegido para ello.

Shaletha sonrió en la oscuridad, se dio vuelta en la cama y también quedó dormida.

Epílogo

-¿Pero te has hecho el test?

-Aún no, pero sé que estoy embarazada.

-¿Shaletha, lo sabes o lo deseas?- Insistió Arionna.

-Ambas cosas. Desde luego que voy a hacerme el test hoy o mañana.

-¿Le has dicho algo a Adrián?

-No.

-Has hecho bien hasta tener la certeza. ¿Pero sabes si él lo desea como tú?

-Si yo lo deseo él también lo hará para mantenerme feliz.

-Mi mejor amiga resulta ser una arpía arrogante y egocéntrica. ¿No te interesa saber que desea él por sí mismo?

-Lo que te acabo de decir es lo que él me dirá. Para mí Adrián es como un libro abierto.

-Perra egoísta. Bien, yo te diré lo que tu marido pensará de tener un hijo contigo. Lo deseará de todo corazón.

Shaletha se levantó y abrazó a su amiga.

-Sabes, no creí que la dicha fuera tan sencilla y fácil de lograr. Es como si piezas dispersas de mi vida que andaba por diversos caminos de repente se juntaran y marcharan todas juntas. ¿Tiene sentido lo que digo o es pura tontería y egocentrismo como dices tú?

-Por supuesto tiene sentido. Por años te dije que estabas exageradamente atada a tu trabajo y estabas desperdiciando tu vida personal.

-Y todo cambió...-Shaletha se interrumpió sonrojándose.

-¿Cómo cambió?

-...Cuando sorprendí a través del espejo de una cafetería a un joven guapo mirando mi trasero.

Ambas prorrumpieron en carcajadas.

-Sabes qué fue lo que me hizo percatarme de que estaba reuniendo las piezas sueltas de mi vida.

-Verte en el vestido blanco de novia, o gozando del sexo ya casada.

-No. Mirar los ojos brillosos de mi padre en la fiesta, u oír a mi suegra admirar a su nuera negra y sobre todo...

-¿Sobre todo?

-Ver reaparecer fugazmente a mi hermano a quien no sabía si volvería a ver.

Arionna estaba conmovida a pesar de su habitual hábito de mantener ambos pies en la tierra.

Cuando abrió la puerta para que Arionna del edificio saliese Shaletha vio en la esquina la larga silueta de Adrián, sin duda viniendo de la estación de metro. Sus ojos se llenaron de lágrimas.

-¿Qué esperas? Corre a recibirlo.- Exclamó apremiante Arionna.

-Pero.

-¿Es que te tengo que estar empujando toda tu vida? Corre.

Al ver a su mujer aproximarse corriendo en pantuflas por la calle el sorprendido Adrián abrió los brazos.

Del Autor

Estimado lector,

Le agradezco que se haya interesado en leer estas breves palabras en la que hablo de mi obra. Es un buen hábito tratar de entender que llevó a un autor a escribir un libro particular, ya que las motivaciones varían de autor en autor y de libro en libro.

Como señal de respeto al lector, en todos mis libros realizo una exhaustiva investigación previa sobre los hechos a que se refiere la obra, particularmente teniendo en cuenta que muchas de ellas transcurren en lugares a veces apartados entre sí y en épocas históricas también diversas; es decir que mis libros a menudo transitan dilatados trechos en el tiempo y en el espacio.

Estas búsquedas están basadas en mi memoria, en la amplia biblioteca familiar y en el gigantesco cantero de hechos y datos constituido por Internet. En la red global todos pueden buscar pero no todos encuentran lo mismo... afortunadamente, ya que este hecho da lugar a una enorme variabilidad y diversidad.

La trama por supuesto proviene de la imaginación y la fantasía. Ésta es para mí de fundamental importancia y confieso que jamás escribiría un libro que no me interesara leer; mis gustos como escritor y como lector coinciden en alto grado.

Mis obras con frecuencia transcurren en lugares exóticos y se refieren a veces a hechos sorprendentes y hasta paradójicos, pero jamás entran en el terreno de lo fantástico e increíble. Es más, a menudo los hechos más bizarros suelen ser verídicos.

Sobre el Autor

Louis Alexandre Forestier es el seudónimo adoptado por un novelista argentino para cierto tipo de narrativa, en general cuentos *y nouvelles* de carácter erótico y de obras del género *noir.*

El autor ha vivido en Nueva York durante años y ahora reside en Buenos Aires, su ciudad natal. Su estilo es despojado, claro y directo, y no vacila en abordar temas espinosos.

Obras de Louis Alexandre Forestier

FICCIÓN

(**En Inglés**)

South of Capricorn
Hot Brooklyn Heights
Cristelle
Valentina
Passionate Interlude
Nubia-Warrior princess
Shaletha- Romance in Manhattan

(**En Castellano**)

Al Sur de Capricornio
Hot Brooklyn Heights
Cristelle
Valentina
Interludio Pasional
Nubia- Princesa Guerrera
Shaletha-Romance en Manhattan

Coordenadas del Autor

Sitio web: https://louisforestiernarrativa.wordpress.com/
Facebook: http://tinyurl.com/hrq7bsy
Twitter: https://twitter.com/forastero010
mailto: louisforestier6@gmail.com

www.ingramcontent.com/pod-product-compliance
Ingram Content Group UK Ltd.
Pitfield, Milton Keynes, MK11 3LW, UK
UKHW042013190726
13854UKWH00005B/2272

9 798201 121235